早餐巧克力

Chocolates for Breakfast

帕梅拉·摩爾——著
Pamela Moore
王聖棻、魏婉琪——譯

I

斯凱斯布魯克宿舍的春天無疑是一年中最美的時節了。每個校友都這麼說，因爲她們都會想起方形庭院裡盛開的蘋果花、小溪邊又高又綠的嫩草，溪裡還泡著被視爲違禁品的可樂，冰冰涼涼的，可以在晚上進自習室前偷喝。到了春天，那些老是過大的毛衣、搭配毛衣的藍裙子和厚重的牛津鞋就會寄回家去，取代的是春季制服的藍色連身裙和馬鞍鞋。斯凱斯布魯克是六十年前按照英國公學形式創立的，橫梁挑高的大廳光線昏暗，充滿濃厚的傳統氣息。每年這個時節，學生們就會褪去冬天埋頭苦讀和室內籃球帶來的蒼白膚色，染上早起的陽光曬出來的淺棕色。她們在操場上四處閒逛，成群結隊在庭院樹蔭下開懷暢笑，看上去每個人都是煥然一新、氣色健康的模樣。

柯妮．法瑞爾的房間窗戶正對著康乃狄克州翠綠的春天，她的室友珍奈．帕克光溜溜地躺在自己床上的一片陽光裡。柯妮今年十五歲，身材苗條，黑髮，有著愛爾蘭人的白皮膚和紅潤氣色。她的眼睛幾乎是純綠色的，在陽光下會更深一點。那是一雙叛逆的大眼睛，帶有不該在十五歲女孩身上出現的冷漠。她的臉已經喪失了大半孩提時的圓潤，此刻她正試圖翻譯《凱撒大帝》，有些地方不太確定，壯實的下顎便往前挺了挺，呈現出她特有的挑釁感和決心。

柔和的午後色調從窗戶悄悄滲入，擁住在床上的她，她深深嘆了口氣，這個季節讓她難以專心念書。柯妮放下課本，闔上拉丁文字典，從床邊的錫盒裡拿出一根香蕉丟給珍奈，給自己也剝了一根。

「我覺得好放鬆，」柯妮說。「我從來沒在假期之後這麼喜歡學校過。」

「我是不管什麼時候都不喜歡學校，」珍奈說。「假期後尤其不喜歡。今年春天我真的玩得很開心，」她回味般地說，轉向她的室友。「你假期也過得很愉快對吧？我的意思是，跟你媽一起住在廣場飯店什麼的？」她笑了笑。「雖然假期延遲了幾天。」

「噢，我是無所謂，」柯妮滿嘴都是香蕉。「我媽倒是很沮喪，把事情都怪罪到我爸頭上——她說，她還以為我爸會從維京群島回來，趕上我的假期呢。當然，我爸也寫了一封長信給我，說他以為我媽知道他得再過一星期才能度假；你知道，說的全是些什麼他就算在度假也在忙他的出版事業，他有多需要休息之類的話。但是我媽什麼電影都沒拍，所以電影公司叫她立刻從西岸回去。她對我有兩天假期不得不待在學校非常難過，可是我一點也不介意。」

「那我就不知道你在抱怨什麼了。我見到你的時候，你好像過得挺不錯的——廣場飯店肯定比斯凱斯布魯克好得多。」

「嗯，」柯妮說，「就是太緊繃了。你知道，我跟我媽以前很親的，當然現在不了，可是我還是得假裝我們很親。」她突然轉向珍奈。「你說——為什麼我們得在父母面前假裝呢？」

「這我哪知道啊。自我防衛吧，我想。我知道，如果我爸知道我不但跟男孩子出去，偶爾還會親熱，他會殺了我的。我想我們只是養成了假裝的習慣，這樣就不會讓他們難過了。我不知道。你老是問這種見鬼的問題。」

柯妮沒再繼續追問，兩人又安靜下來。

「噢，對了，」珍奈突然說，「我忘記說，你曬日光浴的時候羅森小姐來過。她有事找你。」

柯妮抬起頭，突然很感興趣的樣子。

「她說了是什麼事嗎？」

「我沒問。」

珍奈手一揮，香蕉皮飛過整個房間進了垃圾桶，然後她拿起鏡子開始拔眉毛。珍奈十六歲，個性直率、活潑開朗，雖然妝老是化得太濃，但很有魅力，不管什麼年齡的女人都討厭她。在禁止塗口紅和穿毛皮大衣的斯凱斯布魯克，她卻有個怪癖，喜歡穿著皺巴巴的制服和髒得幾乎沒辦法通過晨間檢查的鞋子，把自己弄得毫無吸引力。然而，她其實剛從紐約回來，參加完一輪未出社交界的妙齡少女派對和夜總會，這時漫不經心地拔著眉毛。

「我不喜歡你們兩個之間的關係，」她繼續說。「你知道，午飯前我去了阿爾伯特和克拉克的寢室，她們剛好在聊你和羅森小姐。我一直很想跟你談談她的事，不過我得先做一下我的伸展操。你再拿根香蕉或別的東西給自己補點力氣吧。」

柯妮看著室友，她正在春天的陽光下懶洋洋地做拉伸動作，雙臂環著背後的枕頭，扭轉雙腿，身體時而縮起，時而舒展，只有如此年輕的身體才能從這樣簡單的動作獲得放鬆。她有一副可愛的年輕女性胴體，還是個運動健將，泳衣沒遮住的地方曬成淺淺的棕色。

「你給自己找條東西遮一下吧。」柯妮說。

珍奈笑了。「怎麼啦，讓你色心大起了？」

「好啦好啦，你繼續說剛才要說的事吧。」

「嗯，我承認，在這種變態寄宿學校裡，每個人都喜歡黏著一個學姊或教職員。沒錯，這是一種偶像崇拜。但是你有點過頭了，你跟別的女孩斷絕關係，在這裡一心繞著羅森小姐轉。你知道，女孩們是不喜歡這樣的。她們覺得你冷落了她們。」

「我是啊。」

「但是，親愛的，如果你跟我一樣，把男人和社交生活從學校切割開，那沒問題。但是你生活裡只有你媽和你媽的朋友。你應該試著在這裡建立自己的生活圈，因爲不管你承不承認，工作、討厭的人以及小圈圈的接納對你來說都很重要，因爲一出了學校，你什麼都沒有。我知道你想當《文學評論》（Lit Review）的編輯，你也肯定當得了，因爲你在這裡可以接觸到每個圈子的人。但你也知道，工作不是看成績給的，那是一種社會認可的標誌。所以你應該對自己承認，你希望被眾人接納，不要再用和羅森小姐的關係逃避了。親愛的，要是你再不當心點，就會發現自己越來越怪。阿爾伯特說你愛上羅森了。」

「到底關她們什麼事啊？確實，她還跟我說過她愛我呢，但每個朋友她都愛啊。我的意思是，她說的愛，指的是聖經意義上的愛。」

「噢，親愛的，別理她在芝加哥大學學到的那些社工廢話[1]。只是從你告訴我的情況來看，我覺得她已經不是普通奇怪了。就是你每天晚上都去她那裡聊文學或幹嘛的這件事。」

「你以爲我們在幹什麼！」

「你不必這麼火大。我可沒認爲你們上床了還是怎樣。我甚至覺得你連怎麼做都不知道。」

「你把這件事弄得很骯髒。」柯妮躺下來，手臂枕著頭。「她是家庭教師。她知道我煩透了英文，所以她拿了《芬尼根守靈夜》、《艾略特詩集》[2]，和一些我平常不會接觸的啓發性書籍給我，晚上我們就像在開聊天讀書會一樣討論這些書，只是這樣而已。」

「她不單單只是個英文老師，這你也很清楚。我從來沒見過你變化像今年這麼大。年初你還跟其他人一樣有時情緒化、有時自私，偶爾尖酸刻薄，但現在，你好像就想當個現代聖人，要熱愛群眾，熱愛她灌輸給你的芝加哥大學的那些胡說八道。你完全沉浸在自己的世界裡，所以你不再生氣，而是把情緒壓抑在某個地方，然後你變得挑剔，覺得自己高高在上。你知道，你不是那樣的人，你不可能逃進她的世界，吸收她的個性。你們是兩個完全不同的人，社會階層和知識背景都不一樣。」

「噢，去你的，帕克，你懂什麼啊？我從沒喜歡過自己，你明白嗎？然後我遇上了這位新老師，她有一種沉靜感，而且好像很喜歡她自己，我沒見過幾個像這樣的人。有一天吃午飯時，我們聊到一本書，她又借我一本她覺得我會喜歡的書。我們接著聊那本書，我這才開始瞭解她，也開始跟她聊我自己生活中的事，因爲她很聰明，不知道爲什麼，我就是跟她聊得起來。」

「聽著，妮妮，你沒有必要這麼滿身是刺。我只是想幫你，因爲我比你大一歲，雖然我們同年級，但我看得出來，你打算就此放棄你的生活，把它全押在逃避上。事情就是這樣。記著，這一年，我可是學到了一些你不知道的東西。」

柯妮從盒子裡拿出一顆橙子扔到房間另一頭，它啪啦一聲砸在牆上，效果很令人滿意。

「小柯，」珍奈耐著性子說，「有時候我得提醒自己你只有十五歲。而且那是我的橙子。」

「帕克媽媽又出現了。我要去散步。晚餐幫我佔個位置。」

珍奈嘆了口氣，繼續拔眉毛。

---

1 一八九二年，美國社會學家A・W・斯莫爾（Albion Small，一八五四～一九二六）在芝加哥大學建立了世界上第一個社會學系，到了一九二〇年代，在帕克（Robert Park）等人的努力下，芝加哥大學社會系已經成為同期美國及世界上最成功的社會學系。之後影響日益擴大，逐步形成了芝加哥學派。

2 芬尼根守靈夜（Finnegans Wake），是愛爾蘭作家喬埃斯（James Augustine Aloysius Joyce，一八八二～一九四一）最後一部長篇小說，是一部融合神話、民謠與寫實情節的小說。艾略特（Thomas Stearns Eliot，一八八八～一九六五），美裔英國詩人、評論家、劇作家，一九四八年獲諾貝爾文學獎。

柯妮在大廳遇到了校長女士。

「你好啊，法瑞爾。」

「您好，里斯女士。」

「我聽說你因爲一本禁書，又被記了一點。」她特意說。

「是的，里斯女士。那是詹姆斯．喬埃斯的書《芬尼根守靈夜》，我以爲喬埃斯在許可作者名單上，就沒特別去徵求許可。」

「你不能自己以爲，」她冷冷地說，「這點你應該知道。」

「我知道，里斯女士。」她眞討厭在學校的人面前溫順有禮、卑躬屈膝啊！「我知道我錯了。」

「嗯，那你下次就會更當心了，」校長的口氣稍微軟了下來。自我克制總是能讓學校的人態度軟化。「法瑞爾，以一個聰明女孩來說，你被記的點數太多了。我原本還希望你今年能導正一下你室友，結果你們兩個是一起惹麻煩。」

「好的，里斯女士。」

柯妮如釋重負地走進庭院，她一到外頭就開始跑，因爲她十五歲了，而且春天是如此美好。她跑過曲棍球場，躍過小溪較寬的那一邊，曲棍球老是掉在這裡。她這一跳用力過猛，摔進了高高的草叢，她嘲笑自己一番後站起來，跑上小山丘，來到圍繞住網球場的煤渣跑道[3]，繞圈跑了起來，這是她早餐前進行曲棍球訓練的一部分。到了第二個曲棍球場，她停了下來，她最遠只能走到這裡，再過去就是里斯女士的地盤了，除非高年級學生受邀去她家喝茶，否則那裡是禁止進入的。她氣喘吁吁地倒在草地上，草地剛修整過不久，氣味幼嫩而清新。夏天的草聞起來是熱的、濕的，春天的草就完全是鮮翠二字，足以讓人從斯凱斯布魯克走廊死氣沉沉的老舊氣味中舒了口氣。

她翻過身，自顧自笑了笑，然後抬頭望天。天空簡直寬闊得嚇人。夏天有時她會在太平洋上仰面漂浮，想讓自己相信天空是眞的沒有形狀，而她正身在一個球形世界的邊緣。《魯拜集》[4]裡說天空是個「倒扣的大碗」，她暗自同意這個說法。她想，科學家那麼努力想讓我們相信，那些顯然如此的東西事實上並非如此，他們企圖把天空和山脈都分解成小小的原子，好說服我們那些大得不可思議的東西有多渺小。她從來沒看過原子，也不想看，因爲把山和人當成同一種形狀的東西的不同排列，這種想法讓她無法苟同。

晚餐鈴聲輕輕飄過曲棍球場，打斷了她的思緒。她的動作要快起來，因爲她得先換上晚餐制服，而且每遲到一分鐘就要記一點。

3 煤渣跑道（Cinder Track）由細煤渣與水泥鋪設而成，在二十世紀前期用來做賽跑跑道和運動跑道使用，一九六〇年代末期塑膠跑道開始出現了，一九六四年舉行的奧運會是最後一次使用煤渣跑道的奧運會。

4《魯拜集》（Rubaiyat）又譯《柔巴依集》，是十一世紀波斯詩人奧瑪・開儼（Omar Khayyam，一〇四八～一一三一）的四行詩集。

晚餐時，柯妮一直期待能見到羅森小姐。她在羅森小姐房間裡總是覺得舒適安全，連穿過庭院走到教職員宿舍都是件愉快的事。她穿過兩座中庭，沿著禮拜堂旁邊的一條小路走，兩旁是春天翠綠的大樹，有些樹還開了花。這時天色尚早，明亮的天空把禮拜堂襯得輪廓分明。偶爾她也會去禮拜堂（雖然是天主教徒，但禮拜堂對她沒什麼宗教意義，而是個幽暗靜謐的所在），她可以在那裡想事情，假裝自己在好萊塢。

但今晚她沒在禮拜堂停留，因爲她太想跟羅森小姐說話了。她手臂下夾著那本《芬尼根守靈夜》，雖然她對每一段深奧的文字都絞盡了腦汁拼湊寓意，還是一點都讀不懂，而這本書已經佔用了她三個小時的用功時間和兩個星期的校園休閒時間。她走上昏暗的樓梯，在踏上二樓的最末一階後左轉。門開著一條縫，她可以聽見羅森小姐播放巴哈唱片的聲音。不知道爲什麼，她房間裡放的音樂總是巴哈，穩固踏實的曲調在她腦子裡和羅森小姐緊密相連，就像她和她書架上那些精彩的書一樣。即使在多年以後，柯妮一聽見那些曲子，那房間裡的景象和她身在其中的溫暖感覺，依然強烈湧現於她的腦海，彷彿她又走上了那座熟悉得不得了的樓梯。

羅森小姐的年紀二十出頭，個子高高的，短腰身，有一點圓肩。一雙棕色大眼睛炯炯有神。她不算有吸引力，但有種熱情和溫暖感，只要和她相處幾分鐘，就會忽略她容貌和身體上的不足。她已經和一位學者型青年訂了婚，他們是在芝加哥大學認識的，對方現在是哈佛大學的哲學講師。

柯妮進門時，她對她微笑指了指椅子。柯妮坐下來，脫去制服外套，羅森小姐正在給一份英文報告寫批注。她把那份報告放回她凌亂的書桌上。

「你跟詹姆斯．喬埃斯處得怎麼樣啊？」她愉快地問。

「不怎麼好，」柯妮坦言。「他用了那一大堆意識流胡言亂語，到底想說什麼？」

羅森小姐從柯妮身邊的桌子上拿起那本書，翻了翻柯妮一直在讀的那幾頁。

「他在《芬尼根守靈夜》裡說的，是父母和子女之間永恆的衝突，」這位英文老師用她精準的分析式口吻解釋，「在他筆下，如果子女要獲得獨立和認同，父母就是必須被征服的人物。」

「她說得多簡單明瞭啊。」柯妮想著。羅森小姐繼續從書中摘引句子、分析段落，以證明自己的論點，「這個主題太複雜了，老師有點像科學家，把廣闊的生命分解成可以分析的小小粒子，結果卻剝奪了它的情感。」她想起，她因為學校功課太多，沒辦法和爸爸一起過週末，媽媽跟她對話的情景。

「你就是想獨佔我，」柯妮在長途電話裡指責她。「你知道我要離校必須得到你的許可，因為你是我的監護人。你不想答應，你希望我週末沒事就待在學校裡，因為你害怕有一天我會發現，我真的很喜歡爸爸。」

「柯妮，不要無理取鬧。你爸爸是很好的人，我當然希望你喜歡他。可是你才剛寫信給我，說你下週一要交一篇學期報告，不知道怎樣才能準時交，現在你又打電話問我能不能在紐約過週末。」

「我會遲交報告。那沒什麼關係，反正我的中世紀史拿了A，遲交也不會怎麼樣。我週末沒事的時候就是不想待在這裡。你想獨佔我，就是這樣，你拿報告當藉口。」

「我確實很想獨佔你，可是你老是為了這個指責我。如果我不用擔心你、照顧你，我的生活會簡單得多！」她生氣地說。「我可以按照我想要的方式去經營我的生活。如果不是因為你，我跟尼克也不會離婚。我必須在第二任丈夫和孩子之間做出選擇，我當然選擇你。因為我覺得我要對你負責，結果讓你把我的生活整個搞砸了！現在你指責我，說我想獨佔你？你去吧，去找你爸，一輩子跟他在一起，我不管了！」

柯妮跟媽媽說了謝謝，趁她還沒改變心意前掛了電話。

「他描寫的是孩子成年時推翻父母的事。」羅森小姐說。

柯妮想起了珍奈的爸爸，當時她們在安多佛[5]，和珍奈其中一個男朋友還有他的室友來了場四人約會。珍奈和這個男孩經常出去，他室友開車把他們從瓊斯海灘接回來，讓柯妮坐在前座，這樣他倆就可以在後座親熱了。當他們踏進珍奈在公園大道的公寓，發現珍奈的爸爸坐在裡頭喝愛爾蘭威士忌，他看見珍奈的口紅被蹭得亂七八糟，對那個男孩說起話就不管什麼禮節了，他說：「我猜你從瓊斯海灘回來這一路，一直摟著我女兒的脖子猛親吧！」當然是這樣沒錯，但帕克先生弄得每個人都很尷尬，他們很快就離開公寓去了廣場飯店。珍奈替父親道歉：「我爸有點醉了，」她笑著說，「他總以為有人帶壞了我還是怎麼了。」珍奈甚至會勾引她其實並不喜歡的男孩子，她父親也知道，總是對她大發雷霆，只要她稍微遲到一會兒，就會扣她零用錢。

「他藉由展現那孩子的孩子如何反過來征服他，完成了這樣一個循環。」羅森小姐繼續說，「這是一種原始的儀式，文明只是僞裝了它，但並沒有改變它。」

「循環？」柯妮呆滯地說。

「你根本沒在聽嘛，」羅森小姐責怪她。「記得我怎麼跟你說的嗎？這本書的最後一句話就是第一句話的開頭，它們是怎麼連起來的？」

柯妮點了點頭。

「嗯，我們可以說，他這本書的進行繞成了一個圈，因爲連小說形式都是他表達的手法，以此來達成從父母到子女，再到父母的連續革命循環。」

「我想我現在懂了，但是光靠我自己鐵定不行。天哪，我的詞彙量已經算不錯的了，但這本書每五個詞就有一個是我連聽都沒聽過的。」

「他發明了很多詞，像是有名的雷聲，他還用了德文、蓋爾語，和天曉得是什麼語言的詞。」

她微笑著把書還給柯妮。

「明天試著再讀十頁吧，如果你念得很灰心，我有一本《芬尼根守靈夜解析》可以借你，裡面

5 安多佛（Andover），美國麻州城市。

解釋了一些東西。不過我還是比較希望你能自己從裡面挖掘點什麼出來。」

她站起來給留聲機裡的唱片翻了面，然後坐下點了一根菸。

「放春假以後我就一直沒機會跟你說話，」羅森小姐說。「你跟你媽媽相處得怎麼樣？」

「我們相處得很好，」柯妮說。有一瞬間，她對這個年紀比她大的女人問出這種自以爲和她很熟的問題心生厭惡。當她感覺有人悄悄跨越她的防線時，她總是本能地退縮。但她隨即想起來，羅森小姐是她的朋友。「我們一直很好。」她還是很警惕。羅森小姐和她都知道這不是眞話，但羅森小姐耐心等待這個女孩一如既往侃侃而談，因爲只有她們兩人在的時候，她才能自在地說話，就像她從來沒能跟女性說過話一樣。柯妮有一大堆被她稱爲「繼父」的人，通常是她媽媽的朋友，她會跟他們傾訴一個孩子永遠無法對父母說出來的擔憂和恐懼。從她六歲開始不信任母親以來，羅森小姐是她信任的第一位女性。

「我們沒辦法溝通，就是這樣。她不怎麼瞭解我，每次放假她見到我，對我的瞭解都比上次更少一點。如果做得到，我會跟她談談的，」她繼續說，「但你知道，跟女人實在沒辦法對話。她們的腦子甚至沒辦法像你那樣直線運行；我想談一件事，證明某個觀點，她們的思緒已經轉到次要但隱約相關的話題去，弄得我快發瘋。」

羅森小姐被逗笑了。「你不認爲自己是女人嗎？」

「不是，不完全是，」柯妮思索著。「我不會像她們那樣想事情。男人總會說，我思考的方式像個男人。我想，如果我眞是個男人，事情就簡單多了。但也可能不會。說不定我還是不喜歡女人，但當個男同志又太糟糕了。」

羅森小姐笑她太單純。「你眞的想當男人嗎？」

「嗯，你知道，從我懂事開始，我就一直夢到我是男人。我現在幾乎已經習慣了，所有的夢裡我都是我自己，但是個男人。我也想知道爲什麼。」她沉思著。

「你說過爸媽一直希望你是個男孩，你媽媽還要你幫她調酒，像兒子一樣照顧她。也許這就是原因。」

「也許吧。」她想了一會兒，但時間不長，因爲這對她來說並不怎麼重要。

「你知道，」她繼續說，「我的假期被搞爛了，我媽難過得要死。」

「不要用『搞』這個字眼。」羅森小姐說。

「爲什麼？我從小就是這麼用的。有哪裡不對嗎？」

羅森小姐沒再追究，只是說：「你只要跟媽媽見過面，總會有點敵意和戒心。」

「她是個婊子。」柯妮脫口而出。

「你心裡清楚你不是這個意思。」羅森小姐溫柔地說。

「我知道。」她任性地回答。

「那你爲什麼這麼說？」

「我高興。」

「你太聰明了，說起話來一點都不像個小女孩。」

「我他媽的就是個小女孩！」柯妮突然說。「這就是我討厭和媽媽在一起的原因，好像當媽的其實是我。她因爲對我發火而難過的時候，我還得安撫她，我必須一直跟她保證她是個很棒的女演員——你知道，我長這麼大只看過她四部電影，我覺得這輩子看這些也就夠了——我不知道她演得好不好，但我跟她說她棒極了，因爲我喜歡讓別人高興。當尼克一次又一次離開她——或者終於徹底離開她的時候，我還得握著她的手，給她調難喝的酒，因爲她不喜歡一個人喝酒的感覺，全是這種事。我眞的受夠了！」

「嗯，雖然我沒見過你媽媽，」羅森小姐說，「也知道她很不成熟，但你必須忍耐，努力幫助她。她也是個非常孤單的女人，你眞的是她唯一的依靠——尤其現在她又離婚了。」

「你可眞他媽的聖潔，」柯妮尖酸地說。「我的意思是，你跟我爸一模一樣。講這些話對你來說輕輕鬆鬆，因爲必須去做的人不是你。這些全是廢話。」

羅森小姐退讓了。她站起來，手放在柯妮肩上。

「你不需要這樣跟我說話，」這位女性溫柔地說。「在這裡的時候，你可以盡量放鬆。不需要因爲害怕跟我太親近而自我防衛。」

柯妮悶悶不樂地盯著眼前。她知道，當這隻手放上她的肩膀，她抬頭看著羅森小姐時，她就會有種古怪的感覺，好像她在洗澡或準備換睡衣時偶爾會有的，彷彿有一大群人正圍觀著她裸體的感覺。

「你跟我說過，」她回憶著，「你愛我。」

羅森小姐放下手，坐在床上，面對著柯妮。

「是的，可憐的孩子，我愛你。爲什麼又問一次呢？——你不相信有人會愛你嗎？」

「除非他們想從我這裡得到什麼。」

她看見羅森小姐臉上的表情，又說：「沒錯，說實話，我就是這麼覺得。還有，別叫我『可憐的孩子』！我不要憐憫，誰的憐憫都不要。沒有誰需要爲我難過，因爲我可以照顧自己，一直以來都是這樣。我甚至不需要任何人來愛我，因爲其他人對我來說沒那麼重要。我是個冷漠的人，還有點自私。」

羅森小姐嘆了口氣。「不，你不是這樣的人。我什麼都沒教會你嗎？我不知道是誰或什麼事讓你有了這種想法，但你其實是個很熱情、衝動的女孩，如果你能給自己一個機會去愛，變成一個成熟的人，你是可能成爲一個好女人的。」

柯妮抬頭望著羅森小姐，臉上挑釁的神情暫時消失了，看起來幾乎像個小孩。

「如果你幫我，也許這一切我都能做到。我在你這裡的時候，我覺得你擁有一種讓我能堅持下去的東西。我跟你在一起之後，才知道原來人們可以跟人說他們愛誰、信任誰，不必害怕被拒絕或者被利用。」

羅森小姐點了另一根菸，因爲她不想說出那句她知道最終還是必須說的話。

「媽咪說，我去年聖誕去好萊塢的時候就像變了一個人。」她自豪地說。「她說她簡直不認識我了。我不再那麼怕她，她喊我名字時，我也不會那麼驚嚇了。這是你爲我做到的。」她說，想引出年長女子的回應。

「柯妮，你知道，」她艱難地說，「我確實有話想對你說。在你說了這些話以後，對我來說，要開口變得很難，因爲我眞的很愛你，但我覺得說出來是爲你好。你想來根菸嗎？」

「不，謝謝你，我不抽菸。哎呀，一定是件超可怕的事，」她笑著說。「只有那些想自殺或者被毀婚什麼的女孩子，學校的人才會給她們香菸。」

女孩刻意表現得輕浮，因爲她感覺到羅森小姐要說的話會傷害她。

「我很高興你來這裡。我喜歡跟你聊天，因爲你很聰明，我非常喜歡你。」

噢，天哪，柯妮心想，千萬不要說出我害怕你就要說出口的那句話。

「但是你知道，你應該多花點時間和跟你同齡的人在一起。你可以從她們身上學到很多東西，這裡有很多聰明的女孩，她們的書讀得跟你一樣多。」

「我厭倦了跟我同年齡的人，」她絕望地說。「我一直是跟媽媽的朋友們一起長大的，我發現跟他們說話更自在。年紀大點的人比較有意思。」她在年長女子的臉上尋找理解。「這你知道的。」

「這就是問題所在，」羅森小姐說，「你從來沒學過怎麼跟同年齡的人相處，斯凱斯布魯克給了你一個學習的好機會。這比你從我這裡學到的任何東西都重要。」

柯妮站了起來。她感受到了，當她從《紐約時報》上得知母親嫁給了好萊塢影星尼克．羅素時，也有類似的感覺。柯妮此刻覺得自己半懂不懂的，模糊地意識到，自己正在失去一個心愛的人。

「你的意思是，你不希望我晚上再到這裡來，不希望我下課之後坐在你桌子旁邊，或者找你說話。」

「是，我就是這個意思。」女子無奈地說。

「那你爲什麼不說？我受得了的。」她把那本《芬尼根守靈夜》扔在床上。「我想我最好把這個還給你。」她說，轉身準備出去。

羅森小姐站了起來。

「柯妮……」

柯妮停下腳步，在門邊突然轉過身來。心想，說不定她改變主意了。

羅森小姐走到她身邊，低頭看著這個女孩，眼中滿是悲傷。她彎下身，吻了柯妮的額頭。

「請不要生我的氣，」她說。「我別無選擇。」柯妮始終不懂羅森小姐這句話的意思。

柯妮尚不知曉自己有多失落，她只感覺到失去東西的疼痛和一種麻木感，似乎從這一刻開始，她的生活就要變樣了。她跑過小教堂，穿過庭院，因爲她在哭，她不喜歡別人看見她哭。到了主樓，她停下來，用外套袖子把臉擦乾，對樓梯上一個宿舍委員微笑，沒敢說話，因爲她不知道自己會不會一開口就哭出來。

珍奈看得出柯妮不想說話，所以她靜靜寫著信，沒有侵犯她室友的隱私。熄燈之後，她聽見柯妮趴在枕頭上哭。她在黑暗中躺著聽了半小時，才伸手開了燈。

「已經熄燈了。」她室友喃喃地說。

「管他呢，」珍奈回答。「我眞想拿一根我的違禁品香菸給你，可是我知道你不抽菸。不過我還有另一樣違禁品，正是你需要的。」

她下了床，拿起她的銀色香水瓶。

「宿舍委員查了那麼多次都沒查到它。」她自豪地說，把香水瓶遞給她，裡面是滿滿的上等蘇格蘭威士忌。

「該死！法瑞爾，你把它喝光吧，然後好好品鑑一下。大概只有一小杯的量。我可不在乎你喜不喜歡蘇格蘭威士忌，」她故作嚴厲的口氣裡，暗藏著對室友獨特的寵溺，「今晚我打算好好睡一覺，這個就會讓你平靜下來。你可以明天早上再告訴我那個婊子對你說了什麼。」她關了燈，翻身睡了。

2

柯妮房間裡只亮著一盞燈，因爲珍奈在讀歷史，柯妮無所事事，只是躺在床上望著天花板，之前一位異想天開的學姊在上頭畫了一串黑色腳印通往門口。珍奈播放了史坦・肯頓[1]的唱片，柯妮不怎麼喜歡，但是她太委靡了，沒有力氣抗議，房裡充滿了情緒上的不協調感。外面在下雨，接在一週好天氣後來臨的寒冷春雨，令人格外沮喪。珍奈躲在被窩裡抽菸，她用腿撐著被子，把點燃的菸藏在裡頭。每吸一口，就用腿掀起被子把煙攏進去。熄燈之後，她就在睡前用煙燻她的床，但要是有宿舍委員在巡邏，房裡有煙就太危險了。

現在起，柯妮再也見不到羅森小姐了，突然擁有這麼多自己的時間，感覺好像很怪。肯頓突然來了段即興演奏，柯妮被突如其來的奇怪音量嚇了一跳。這音樂眞瘋狂，帶著那麼強烈的個人風格，近乎神經質。比才[2]就既隨和又合群，他的音樂聽起來更悅耳，但今晚肯頓的音樂似乎更適合

1史坦・肯頓（Stan Kenton，一九一一～一九七九）美國流行樂和爵士藝術家。做為鋼琴家、作曲家、編曲和樂團指揮，他領導了一個創新和有影響力的爵士樂團近四十年，也是爵士教育領域的先驅。

2比才（Georges Bizet，一八三八～一八七五），浪漫主義時期法國作曲家。他的最後一部作品《卡門》是最受歡迎和最常上演的作品之一。

寂寞的雨和突然響起的隆隆雷聲。柯妮被迫忍受這種孤獨刑罰已經一個星期了。她現在常常躺在自己房間裡，仰頭望著天花板。她覺得出門實在太費力了，而柯妮明明是喜歡戶外活動的。

「吸一口。」珍奈下了命令。

「我不要。我不會抽。」

「你總有一天要學的，還不如好好學起來。」

柯妮沒有反駁她。

「天哪，你拿菸不要跟拿鉛筆一樣好不好？看著。」

「這樣好多了。現在，吸一口，深一點，要超過它會卡住喉嚨的地方。」

柯妮試了試，和全世界的抽菸新手一樣咳了起來。

「我說過，要吸得比感覺刺痛的位置更深一點，不然你會咳得跟白癡一樣。假裝那是空氣。」

柯妮硬撐過去，這次一切順利。

「就是這樣，」珍奈很高興。「我會教你怎麼抽得像個老手。」

柯妮把菸還給珍奈，珍奈搧了搧空中的煙。她換上肯頓的另一張唱片《抽象》，然後繼續回去念她的歷史。念不了幾頁，她就對中世紀歷史厭煩透頂，怨恨地看著柯妮。

「你都沒有書要念嗎？」

「當然有，」柯妮不在意地回答。「但是我沒有想念書的感覺。我法文課勉強可以過關，拉丁文已經念完了——這是我唯一擔心的兩門課。」

「你還是早點去死吧，親愛的。」

「我覺得有點懶……。今晚爛透了，這星期爛透了，我什麼都不想做，只想躺在這裡，假裝我已經離開了這個糞坑。」

「等到期末考你就完蛋了。」

「管他的。」

「噢，別跟我胡說八道了，」珍奈生氣了。「不要因爲自己受了傷，就在那裡自怨自艾，詛咒全世界。我不會忍受這種情緒的。親愛的，打起精神來。」

「你說得簡單。」柯妮鬱悶地回答。

「聽著，妮妮，被自己非常重視的事情拒之門外的人，你以爲你是第一個嗎？你覺得自己很特別還是怎樣？」

「不。不是的，我想不是。珍，我很抱歉，眞的很抱歉。我一直是個賤貨，我知道。」

「別開始把我當學校職員那樣說話，這樣自我貶低也不好。我們得讓柯妮振作起來，只是這樣而已。我想，我們就從念書開始吧，不管你願不願意，都還得在這個破地方待個三星期。」

「你說話聽起來跟家長一樣。」

「怎麼啦，除了那個羅森小姐，你就沒有其他活下去的理由了嗎？」

珍奈擊中了一個弱點。

「當然，我有很多活下去的理由。我擁有我自己，這是最值得活下去的一件事。只是有人離開我罷了，我不會死。我會繼續活。」

「你說得好聽，可是你活得像個膽小鬼。」

「你到底想對我怎麼樣？讓我對你發火？」

「對，我就是想讓你氣到清醒過來。」

「好吧，那你繼續。你說『清醒過來』是什麼意思？」柯妮嚴肅地說。

「意思是，首先，做你的作業。沒有誰比我更混了，但有些事情還是得做。還有，努力去跟其他人聊天。既然你不能再跟羅森小姐說話，就去跟其他人說吧，例如阿爾伯特和克拉克。她們人很好，眞的，我就很喜歡跟她們說話。你把自己隔絕在其他人之外，如果你覺得快樂，那也沒什麼，可是你並不快樂。」

「好吧，我會試試看。我明天下午就去。但是你確定她們願意跟我聊嗎？」

「當然會，親愛的。她們很喜歡你，這我知道，因爲我們聊過你。如果你給她們一點機會，不要去找羅森小姐，她們會跟你變成好朋友的。」

「好吧，那我就這麼做。因爲我眞的很想這樣。」

「說不定這次羅森小姐的事對你來說是好事。你知道，就是你這種不合群的作法讓你融不進小圈子。每個人都得循規蹈矩。如果你讓這些孩子知道你眞的很願意跟她們做朋友，說不定你明年就有機會當上《文學評論》的編輯了。」

「機會不大。指導老師是德．拉布里小姐，誰當編輯得她說了算，她曾經想跟我打探有些專欄上寫我媽跟尼克離婚的八卦，我直接叫她去死，從那之後她就恨透了我。」她思忖著說。「我那樣說話，她卻沒有給我掛個不敬師長的罪名，我還挺驚訝的。」

「如果編輯部眞的想要你，你就進得去。只要你得到的同意票夠多，她也沒辦法否決。」

「噢，那份爛刊物不過是獲得社會認可的一個途徑而已。」

「酸葡萄。」

「我知道。我是眞的想進去。你眞覺得我行？」

「我不知道在運作這個學校的小團體眼中，社會成功的標準是什麼。」珍奈說。「但是跟阿爾伯特和克拉克搞好關係會有幫助的。你知道，她們是費柴爾德的好朋友，既然她是今年的編輯，肯定對明年的編輯人選有相當的發言權。」

「其實我是眞的很想加入這個團體，因爲裡面有很多我喜歡的年輕人。但是我又不習慣跟同年齡的人多說話。」

「我知道，你從來不跟男生約會。這簡直太糟糕了，因爲如果你會跟男孩子出去玩，羅森小姐對你來說就沒那麼重要了。」

「也許吧。」

「告訴我，」珍奈說，「有沒有男生眞的親過你？」

柯妮笑了。

「今年除夕，在別人爲我媽辦的派對上，一個瘋狂的男演員吻了我。是眞的吻。他也有點緊張。」

珍奈大笑。「你這『眞的吻』是什麼意思？」

「你知道，就是舌頭啊什麼的都用上了的那種。我還眞的有點心動呢。」

「那太棒了！親愛的。」珍奈笑了。「這可是你的法式初吻呢。噢，眞的太有意思了。我說的是可以看見你心動這件事。」

「他是喜歡主導的那種男性，而且眞的醉昏頭了。」柯妮說著說著，也開始有一點樂在其中。

「有人跟你調情過嗎？」

「噢，你知道，就只是稱讚你年輕美麗的肉體和好萊塢式的擁抱問好。」

「那你怎麼回應？」

「我就站在那兒啊。」

「手就這麼垂著？」

「嗯，是。」

「噢，妮妮，你還有很多東西要學。你要摟住男人的脖子，因爲這樣你們的身體才能貼在一起。不然你就會像一根木頭，不舒服也不自然。」

「我還是覺得有點尷尬。」

「嗯，確實。但是以後你會懂的。」

「珍，你眞的很懂性嗎？」

「我還是處女，如果你指的是這個——跟外面傳的謠言相反。」

「可是你眞的跟人親熱過嗎？」

「每次你說『眞的』，我都不知道你是什麼意思。我跟男生睡在一起過，我們都光溜溜的什麼也沒穿，如果你說的是這個的話。」

「眞的？你就一點都不——」

「我就一點都不擔心嗎？妮妮，每個人都這樣。我的意思是，我認識的每個女孩子都這樣。這不代表什麼，而且很舒服。我還挺享受睡在男孩子臂彎裡的。」她一副很懷念的樣子。

「但是你什麼時候有做這種事的機會？」

「喔，就週末去預科學校和大學的時候啊，還有在紐約，爸媽暫時去別人家的時候。你因爲在斯卡斯戴爾長大，錯過了很多東西。你都十五歲了，還連酒都不喝。我認識的大部分女孩子，當然還有男孩，都是十三歲就開始碰酒了。」

「我媽讓我喝黛綺莉雞尾酒[3]。有幾次我都喝四杯了她都沒注意到，因爲她有點醉了。我十四歲就開始喝黛綺莉了。」

「是啦，但那才多久以前的事——不就十一月而已。」

「我還沒那麼瘋。對於性，還有當中的一些細節，身體會怎麼樣之類的，我都很清楚，我甚至還懂得同性戀，所以很多時候我可以看出哪些演員是，我也知道他們是怎麼做愛的。」

「眞的？怎麼做？」

「嗯，就，其中一個人——噢，該死，親愛的，我眞不喜歡講這種事。因爲我很好奇嘛，有一次我就問我媽，那時候她跟尼克在聊一個演員和另一個演員，尼克就說，『你告訴她吧，』然後我媽就說了。」

「噢，我的意思不是說你不懂還是怎樣。我只是覺得你應該跟男生親熱一下。」

「可是預科學校的男生都邋遢得要死。皮膚又爛，握你手的時候整個手掌濕答答的，簡直蠢翻了！我是說，我比較喜歡那些男演員，他們眞有魅力啊，一隻手摟著你，一隻手拿著馬丁尼。我喜歡年紀大點的男人。」

「是沒錯，但是你又來了。他們不適合你；這種關係裡沒有未來。我的意思是，他們連親都沒親過你。」

「當然沒有，因爲我還小啊。但是等我再大一點就會了。我要找年紀大的男人來教我這些事，就像你說的抽菸，他們會教我怎麼做得像他們那樣平穩細緻。我才不想去跟蠢翻了的預科男生反覆試錯，只爲了找出摟他們最可愛的方式。髒死了。我想變得有魅力，用有魅力的方式活著，用美好的方式去愛人。」

她們話聲剛停，熄燈鈴就響了，而且是兩聲。她們沒聽見十分鐘前的預告鈴，現在宿舍委員馬上會過來巡視，看看她們是不是都已經上床，大衣外套和橡膠套鞋是不是已經在床尾放好，以備火警時使用。要是沒放好就會被記點。大衣外套是罩在睡衣外面的，而橡膠套鞋是踩滅灰燼之類的東西用的。不管怎麼說，在一九二三年斯凱斯布魯克發生大火當時，這一招發揮了很不錯的效果。柯妮和珍奈總是錯過熄燈時間，所以她們想了個辦法。柯妮跌跌撞撞奔下床，把珍奈的大衣和套鞋從衣櫃裡扔出來，珍奈把它們放在柯妮的床尾。柯妮再跑到另一個衣櫃把自己那套扔出來，當柯妮在兩張床中間跑來跑去兼關燈的時候，珍奈就跳到柯妮床上把東西擺好。然後兩人一起笑著滾到各自床上拉起被子，掩蓋她們還沒換睡衣的事實。整個過程花不到一分鐘。

第二天，老天還拿不定主意要下雨還是放晴，但有兩節體育課都在室外上。蘇·阿爾伯特和布魯琪·克拉克都是低年級曲棍球隊的，和柯妮同隊，所以三人都是一起上第一節體育課。練習結束後，兩個女孩把識別背心放進籃子裡，柯妮找藉口多逗留了一會兒，說她必須確認每件識別背心都

3黛綺莉（daiquiris），也稱為德貴麗、戴克瑞，是一種以蘭姆酒為主料的雞尾酒。

放進籃子了，因爲她一直是沒資格穿識別背心的球員。她們回主樓的路上，蘇說她要去下午茶廳吃塊蛋糕，但布魯琪提醒有一點小胖的蘇，說她正在節食，於是他們到了茶廳也沒進去。布魯琪是個漂亮的高個子女孩，金髮又長又直，說話有一點波士頓口音。柯妮雖然和她們在一起，但她們幾乎沒有意識到她的存在，儘管這時柯妮正忍受著沒有自信的折磨，同時密切觀察著她們是不是嫌她礙事。打完兩小時曲棍球，三個人都很熱。她們上了樓梯，走進阿爾伯特和克拉克的房間。

她們的房間整潔得不得了，跟柯妮和珍奈亂成一團的房間完全不一樣，一副隨時準備好接受檢查的樣子。但接下來，阿爾伯特和克拉克還想拿下在學生委員會服務十個月的最高榮譽，她們想擔任重要職務，受到老師們的認可。她們四年級[4]的時候，已經雙雙成爲《文學評論》的成員，也早在委員會待了一屆。到了高年級時，漂亮受歡迎的布魯琪成爲委員會會長兼《文學》的編輯，她的室友則是財務總管兼委員會成員，藉由自己對布魯琪的影響力和她與老師心目中的地位控制學校。她們也把這成功的兩人組合帶進了瓦薩[5]，而且一直很受歡迎。珍奈說得對，她們會成爲很有權勢的朋友。

「要橙子嗎，妮妮？」布魯琪親切地問。

「喔好，謝謝。」

「我跟你分一個吧，布魯琪。」蘇說。柯妮注意到，她們兩人分吃一個橙子，卻給了她一整個，這是把她當客人，也是外人。

「唉呀，我們最近不怎麼常見到你。」布魯琪說，想讓柯妮放鬆一點。

「我忙著念書。」柯妮說了謊。

「喔，是啊，因爲你很聰明嘛。」蘇說。

柯妮沒回話，布魯琪趕緊加上一句，

「你春假過得怎麼樣？——你去好萊塢了嗎？」

「沒有，我待在紐約。」

「如果我住在好萊塢，」蘇一臉渴望地說，「根本別想把我從那兒拖出來。說一下，那裡什麼樣子？」

「喔，可以啊。那裡很多派對，很多跟喝酒有關係的活動，工作時間很短，所以那裡的人都在拚死拚活地工作。」

「我敢說有很多明星都跟導演上床，還有很多娘娘腔的男同性戀。」

「不，也沒那麼多。沒有百老匯多，也沒有文學或美術之類的行業多。」她說。其實她很討厭

4 指英制中學的四年級，通常是學生十四到十五歲的階段。

5 瓦薩學院（Vassar College）是美國紐約州波啓浦夕市（Poughkeepsie）的一所私立文理學院，始建於一八六一年，最初是女子學院，一九六九年開始實行男女同校。

別人說這種話，但是她沒讓蘇知道。

「我敢說你知道很多八卦。」布魯琪說。

「我想是吧。」

「講講葛雷哥萊・畢克、泰隆・鮑華，和蘇珊・海華[6]那些人的事給我們聽嘛，」她說。「他們私底下是什麼樣子？」

「那些人我也不是很熟。我不常去好萊塢。我媽認識他們，也很喜歡他們。」

「我們說的不是這個，」布魯琪說。「我們想聽的是，他們都喜歡聊些什麼，是不是喝很多酒或者常常發脾氣之類的，你知道關於他們的八卦嗎？」

「首先，我不知道，因爲我媽只說過他們的能力和工作方面的事。其次，就算我知道，我也不會隨便說他們的閒話！」

兩個女孩都不說話了，柯妮知道，這開場不怎麼順利。

「你不用擺出這麼一副清高的樣子。」蘇說。

「嗯，總之……」布魯琪說。

「嘿，四點了，我得在去自習室前先洗個頭。」蘇說。

「眞幸運你在優等生名單上，可以在自己房間裡念書。」布魯琪不太眞心地對柯妮說。

「我已經……很抱歉我不能待久一點，」柯妮說，「但是我有很多書要念，我還是趕緊開始的好。」

「常來玩啊。」布魯琪說。這是絕對不會對朋友說的一句話。

「是啊，不要老是躲在自己房間裡念書嘛。」蘇說。

「謝謝你們的橙子。」柯妮說完，就離開了。

一回到自己房間，她就砰一聲撲到床上去。

「你按照我說的方式去見阿爾伯特和克拉克了？」

「是，我見過她們了。」

「怎麼樣？」

「大慘敗！」柯妮損了自己一句。「她們見到我第一件事，就是問我一大堆無聊的八卦，然後我就像別人問我的時候一樣爆發了。接著我就走了。她們給了我一個橙子。」

珍奈嘆了口氣。「來根香蕉吧。」

「親愛的珍奈，你眞是個白癡欸。」

6 葛雷哥萊・畢克（Gregory Peck，一九一六～二〇〇三），美國電影演員，一九六二年以《梅岡城故事》贏得奧斯卡最佳男主角獎。泰隆・鮑華（Tyrone Edmund Power，一九一四～一九五八），美國影星，曾出演過《碧血黃沙》、《控方證人》等電影。蘇珊・海華（Susan Hayward，一九一七～一九七五），美國女演員，曾獲得一九五八年奧斯卡最佳女主角獎。

她們笑了起來，兩人分吃了一根香蕉。珍奈去自習室時，柯妮又盯著天花板，然後睡著了，儘管她其實一點也不累。

3

萊斯曼醫生的診所到處都是松木鑲板，穩重且陽剛的氣息立刻讓柯妮舒服不少。想到來這裡是要談自己的事情，她心裡還滿高興的，儘管福瑞斯特太太堅持要在場。舍監總是對侵犯學生隱私非常熱中。醫生的個子不高，是個看起來頗有學者氣質的德國人，桑德拉．法瑞爾曾向福瑞斯特太太說，他是紐約地區首屈一指的診斷專家。這時，醫生背靠在他的單人沙發座上，看著柯妮。

「嗯，柯妮，你是個非常健康的年輕女孩。我看不出你有什麼毛病，只是稍微有點貧血，這在你這個年齡很常見。我想想，你十五歲了，對吧？」

「是的。你是說，你也不知道爲什麼我老是覺得很累？」

「你生理方面沒有問題。告訴我，你是斯凱斯布魯克曲棍球隊的，是嗎？」

「是的，我是低年級隊。」

「你一定得接受大量的訓練。那會讓你覺得累嗎？」

「和其他女孩子比起來也不是特別累。我早上醒來的時候最累。」

「你一天睡多久？」

「一天十小時。」

「我知道了。你醒了之後會做什麼？」

「整理床鋪，整理房間，因爲有巡房檢查。然後吃早餐，然後我們要去方形中庭散步，然後要檢查制服，再來去教堂，然後再過十分鐘開始第一堂課。」

「你早上很忙啊。」

「嗯，」這種話題眞無聊。「下午我累得要命，明明那時候比較閒。」她補充。

醫生翻看著手裡的文件。

「你父母離婚了。」他開口提道。

「是的，我十歲的時候。」柯妮說。這話題有趣多了。

「你經常見到他們嗎？」

「如果是說我媽的話，是的。」

她幾乎沒注意到醫生記錄的筆始終沒停過。

「離媽媽那麼遠，」他說，「我想你是想家了——想念加州對吧。」

「不。」柯妮回答。「我從來沒想家過。」她望向窗外。「不過我經常做白日夢，」她說。「碰到像現在這種好天氣，我就會去曲棍球場，躺在草地上做白日夢，晚上的話就去教堂。」她身體往前傾。「你知道，方形中庭的某個角落有個大兔子洞。我想用過那個洞的兔子有好幾代了。反正那個洞很大，我可以從那邊鑽到灌木叢底下，好像兔子洞裡只有我一個人，而那些學校大樓和所有的人都不存在一樣。」

聊兔子洞聽起來好像有一點蠢，她想。那她會告訴他，里斯女士家附近有個地方到處都是黃楊樹，有一天，她在那裡發現了一條小路，可能有五十年沒人走過了，已經看不太出是路。她順著它往裡面走，把黃楊木推開，發現樹林深處有一張有裂縫的大理石長凳，看起來同樣五十年沒人坐過了。於是她走進去，坐在那張大理石凳上，這個祕密基地被黃楊木遮得密密實實，她高興地想著，可能連斯凱斯布魯克附近的人都不知道有這樣一個地方存在。她離開她的祕密基地時，還刻意掃了點雪蓋住自己的腳印，這樣園丁就不會順著腳印發現那張有裂縫的大理石凳了。那裡是她在冬天最喜歡的地方，但是在春天和秋天，她最喜歡的是兔子洞。眞蠢啊，兔子洞。她應該多跟這個男人談談大人的事才對。她無論如何也不能跟他提起黃楊樹林那個地方，因爲那裡是不准去的禁區，況且福瑞斯特太太還在這裡。

「你的白日夢是什麼樣子的？」他隨意問了一句。

這話讓她停下來思考。是什麼樣子的？當她坐在她的祕密基地浮想聯翩的時候，腦子裡究竟轉了些什麼？她想像了很多關於羅森小姐的蠢事，比如在紐約跟她共進晚餐，和一些類似的狂野想法，但是這不能告訴他，因爲福瑞斯特太太在場。反正，她已經不再去想這方面的事了，因爲她只思考有可能發生的事。柯妮可是個非常實事求是的少女。

她把手放在外套翻領上，一邊拉扯，一邊努力回想，不久又停下來，因爲這個動作代表她感到不自在，她必須表現得迷人一點。

「嗯，」她不安地說，「我想，我在想我認識的人，想像我跟他們在一起，跟他們說話。」她想到自己迷茫的時候假裝跟艾爾．李昂尼說話的樣子，想像他就事論事的回答會如何幫助自己釐清思路。

「你覺得這些就只是對話，還是覺得它們是眞實的場景？」

「噢，它們簡直太眞實了，」她激動地說。「當然，那些人就是用他們平時的樣子說話，連口氣啊轉折都是。他們才不會像我這樣說話。」她不屑地說。

「簡直像他們就在那裡一樣？」

「是，好像他們眞的在那裡一樣，只是我知道不是，但我腦子裡有他們的樣子，所以我可以看見他們的臉和表情。」

福瑞斯特太太難以置信地往前坐了一點，隨即想起她應該像醫生一樣，不能表現出任何反應，於是又坐了回去。

「嗯，我們每個人都會做白日夢，」醫生一邊記錄，一邊心不在焉地說。「你的白日夢特別生動啊。」

柯妮點點頭。這是公認的事實，她的想像力比大部分人都強，這沒什麼大不了的。

「告訴我，柯妮，你憂鬱過嗎？」

柯妮想像起窗外兩層樓底下的地面，想像要是從窗口掉下去會怎樣。這讓她害怕，但她還是喜歡這樣想。她怕高，但當她住在威徹斯特[1]，還是個小女孩的時候，她也跟其他小男孩一樣爬樹，即使樹在風中搖起來的時候她剛好在很高的地方，讓她怕得不得了。她老愛爬高，儘管她總想著會掉下來。這就是她極度憂鬱時的感覺，就像從高處往下看，想著要是她掉下去會變成什麼樣子。

「有過，」她說。「有時候會。」

「嗯嗯，持續很久嗎？還是只有幾小時？」

「會持續一陣子，」考慮過後，她小心地說。「但有些時候，」她的語調轉而飛揚，「我感覺棒極了，好像我不管什麼事都能比大部分人做得更好。」

她收住了嘴，因爲福瑞斯特太太在聽，而她說這些話的時候，聽起來很驕傲。他們總是不滿於她的自負，因爲當她覺得自己沒那麼好，甚至比不上任何人的時候，從來沒讓人知道過。

但現在醫生站起來了，她知道診療結束了。她有很多想法想告訴這個男人，他似乎對她在想什麼很感興趣，但她沒有時間，也沒想過要抽出時間。她覺得自己沒說出什麼東西，能幫助他弄清楚自己爲什麼會這麼累，但她也不知道自己到底該說什麼才對。

1 威徹斯特（Westchester Country），美國紐約州東南部的一個郡，位於紐約上州最南端，亦屬於紐約都會區。

「很高興跟你談話，柯妮。」

「謝謝你。」她下意識低聲回應。她的謝謝是一種條件反射，用來回應幾乎所有句子，而不是只有「嗯」一聲之類的。

「你吃點補鐵藥片，看看對你有沒有幫助。我想不到其他的建議了，除了可能是突然從寒冷天氣轉成這麼美好的春天所致。」他微笑著。

「謝謝你，萊斯曼醫生，再見。」她說，伸手準備握手道別。雖然他的診療室很有男人味又舒適，但她覺得離開並無所謂，因爲外面天氣很好，從鎮上走到斯凱斯布魯克會很舒服，在這樣的天氣裡，連福瑞斯特太太也讓她覺得比較容易忍受。這天是星期六，晚餐很糟糕，但不用去自習室，所以她也不介意短暫體驗一下外面的世界再回去。回程路上她很想跑起來，在這春天降臨之際，她很難不用其他女孩的方式去回應溫暖的太陽，但她還是乖乖跟在福瑞斯特太太肥墩墩的腳步後面，像個彬彬有禮的斯凱斯布魯克女孩。

「噢，珍，你又不穿衣服了。」她一踏進房間就生氣地說。

珍奈伸了伸懶腰，說：「不。我覺得我性感得不得了。我覺得我應該出去找個人上床。誰都可以，」她認真想了想，「只要別太胖就行。」

柯妮懷疑地看著她。

「你讀過我的克里斯多福·伊舍伍[2]？」

「伊舍伍？聽都沒聽過。」

「他可聽過你，」她微笑著說。「找時間讀一下吧。你會喜歡莎莉・鮑爾斯[3]的。」

「她是什麼樣的人？」

「噢，她瘋掉了。非常勇敢，但是瘋掉了。」

「就像你跟我說過的那個薩爾達一樣？費茲傑羅他太太[4]？」

「沒錯，」柯妮說。「就像那個薩爾達，她因爲晚上很熱，就跳進了廣場附近的噴泉。」

「我就是那樣，」珍奈自豪地說。「就是薩爾達那種人。」

「是有點那個味道。」柯妮說。

---

2 克里斯多福・伊舍伍（Christopher William Bradshaw Isherwood，一九〇四～一九八六），英裔美國小說家，劇作家，編劇，自傳作家和日記作者。作品多以同性戀為主題。代表作有《柏林故事集》（The Berlin Stories）及《單身男子》（A Single Man）。

3 莎莉・鮑爾斯（Sally Bowles），伊舍伍短篇小說〈再見，柏林〉（Goodbye to Berlin）中一個自我放縱的英國拜金女，在柏林的俱樂部唱歌，歌藝平平，但一心想成為大明星。

4 薩爾達・費茲傑羅（Zelda Fitzgerald，一九〇〇～一九四八），被她的丈夫費茲傑羅（Francis Scott Key Fitzgerald，一八九六～一九四〇，《大亨小傳》作者）戲稱為「美國第一輕佻女子」。診斷出躁鬱症後經常被關在專科診所，最後在一場醫院火災中去世。

「眞高興我有個懂文學的室友，」珍奈說。「你出去的時候有沒有買香蕉？」

「沒有，我跟福瑞斯特那個臭婊子在一起，她不讓我去。我碰到一個二年級的小傢伙叫索莫斯，她說她會買。」

「你跟臭婊子處得怎麼樣？」

「喔，還好啦，因爲我不需要跟她說話，或是做什麼別的。這個醫生很棒，問了我各式各樣的問題，像是白日夢啦，疲倦啦，還有憂鬱之類。還滿有意思的，但什麼也證明不了。」

補鐵劑對柯妮毫無效果，隨著時間流逝，暑假臨近，她嗜睡得越來越厲害。萊斯曼醫生也知道他們幫不了她，就像看診當天晚上他對妻子說的，「既然那孩子醒著也是什麼都不想做，爲什麼不乾脆睡覺呢？」

4

阿拉花園飯店[1]座落在日落大道上可謂佔盡地利，距離施瓦布藥房[2]只有一個街區遠。在那裡，只要付一杯黑咖啡的錢，一整個下午都可以免費續杯。飯店對面是一家瘦身沙龍，櫥窗裡擺著一個騎自行車的人臺模特兒，類似的瘦身器材上掛著一九四〇年代虎背熊腰的明星照片，附近還有一家中餐館，提供便宜又分量十足的飯菜。在日落大道上，花園飯店用上一塊閃亮耀眼霓虹燈招牌，不斷變換燈號，朝過往行人驕恣宣告著自己的身分，一種典型的神經質行為。至於他們家的棕櫚樹，自然得用泛光燈打亮，因為改善現狀是人類的職責——外界大眾看見這個招牌和古怪的名字，普遍會覺得這是個名聲不好的放蕩場所，但這裡的別墅入住價格卻和高貴莊重的比佛利山酒店差不多，

---

1 阿拉花園飯店（Garden of Allah Hotel）是美國加州西好萊塢的一家著名飯店，位於日落大道（Sunset Boulevard）東端。它最初是一座兩英畝半的莊園。一九二六年，業主增建了二十五座別墅，將這裡改造成住宅飯店，一九二七年開業，一九五九年拆除。

2 好萊塢施瓦布藥房（Schwab's Pharmacy），一九三二年由施瓦布兄弟（Schwab Brothers）開設，一九八三年歇業，是小型零售連鎖店中最著名且經營時間最長的商店。和當時美國的許多藥房一樣，除了出售藥品外，還設有一個櫃檯，供應冰淇淋和簡餐。

況且住客聲名狼藉的放縱行爲通常也和職業因素無關。

別墅群中央是一個蓮葉形的奇特水池，當然，這個水池並不具實用性質，只是個象徵性的東西，在這一點上它成功得令人欽佩。食蓮者們[3]天天都聚在池邊打金拉米紙牌[4]，聊著他們希望拿到的工作或最近剛完成的工作，變著各種花樣喝伏特加。泳池旁邊是飯店的主樓，如果我們可以這樣稱呼它的話；事實上，連「花園」這個字眼也只是個象徵意義的存在——飯店裡有個酒吧，這樣就已經絕對實用了。

酒吧的壁紙是低調的綠色，座椅也是綠色皮革。後來有個張揚的經理把壁紙改成了糖果條紋，想把房間弄成一個標誌，但那些壁紙君臨天下的時間並不長。滿眼綠色至今猶存，並且曾經撫慰過費茲傑羅在好萊塢短暫悲慘的生活。

這會兒正是一天之中的過渡期，在早年離鄉背井的人還不多的時候，這段時間曾被稱爲兒童時間，如今被稱爲雞尾酒時間。有工作的好萊塢人在這段時間淋浴換裝，沒工作的好萊塢人則望著窗外漸晚的天空，披上一件燈芯絨外套。

這也是桑德拉·法瑞爾寂寞怨憤、怏怏不樂的時間，她會在阿拉花園的酒吧裡度過，因爲這是女人可以獨自前往，不會被太多人藉機調情的少數場所之一。負責爲她照看這些的是酒保馬蒂。

「今晚好嗎，法瑞爾小姐？」他語調愉快地說，並不期待得到什麼訊息，只期待聽見對方回幾句話，好用來填補空白，掩飾一下清理杯子之類的動作。

「老樣子，馬蒂，來杯貝利卡伯特馬丁尼。」她說，意思是要幾乎純的伏特加，而且要喝很多。

「卡伯特先生昨天很晚才來。」馬蒂一邊調著伏特加馬丁尼一邊說。

貝利．卡伯特是位年近三十的鄰家少男型演員，已然意識到自己很快就要失業了。對他這種類型的演員來說，職業生涯就跟拳擊手的一樣短，等待角色的時間則是漫長而飢渴。現在他常常處於「從前一個角色走出來，後一個角色沒譜」的狀態，而好萊塢的每間酒吧都知道「卡伯特馬丁尼」是什麼意思。

「他有沒有作怪啊？」桑德拉笑著說。

「噢，你清楚卡伯特先生的，」馬蒂回答。「他還好。只是有點情緒低落，就只是這樣而已，也沒做過什麼拿馬丁尼往誰的臉上潑這類的事。」

卡伯特這個年輕人對年長女性特別有吸引力，但因爲桑德拉對軟弱的年輕男性向來僅止於感興

3食蓮者（lotus-eaters），是荷馬史詩《奧德賽》中以蓮花為食的島民，這種蓮花是一種麻醉劑，島民吃了以後會安然入睡。做為象徵用法，「食蓮者」表示花費大量時間沉迷於快樂和奢侈，而不願面對現實處理問題的人。

4金拉米紙牌（Gin Rummy），或簡稱為金紙牌（Gin），是兩人紙牌遊戲拉米牌（Rummy）的變體。在二十世紀中葉成為社交和賭博遊戲而廣泛流行。

趣，所以他們之間一直是很舒適的工作關係。他清醒的時候是個好酒伴，但現在他醒著的時間越來越少，所以當他陰鬱地坐在吧檯前時，桑德拉很少費神跟他說話。貝利．卡伯特只有在可以說笑逗趣的時候才對她有用。

「你的小女兒怎麼樣啊？」馬蒂問道，因爲他看得出來，桑德拉今晚很寂寞。

「她挺好的，」桑德拉撒了謊。「她很快就要回家了。」她補上一句。

馬蒂領會了這話當中的訊息，走到吧檯另一端，爲幾位剛進來的客人服務。其中一人朝桑德拉．法瑞爾點了點頭，她也舉起手，略微做了個問候手勢。她不記得自己在哪兒見過對方，也許是哪部作品裡的一幕吧。

突然，有人往她背上重重拍了一下，害得馬丁尼從她唇邊濺了一點出來。她旁邊的男人格格笑著，說：「你朋友？」

「嘿呀，桑德拉，你這小婊子，跑哪兒去啦？」貝利．卡伯特很會討好人。

「我沒跑哪去啊，閒著沒事呢。」桑德拉微笑著說。「誰幫你付的酒錢？」

貝利露出少年般的純眞笑容。

「這一點也不重要，親愛的，因爲你馬上就會幫我付了。」他那優美低沉的嗓音幾乎和他的馬丁尼酒一樣出名，他對這一點也很有自覺，刻意說得慢悠悠的，好像他還沒下床，正在床上伸懶腰。沒錯，桑德拉想，他有一副適合床上的聲音。

「除非你魅力超群，貝利。我可受不了情緒化的小白臉。」

「那照你這麼說，我還真不知道我現在有沒有魅力了。」他立刻譏諷地脫口。「告訴我，」他隨即揚起笑，那種完全不眞誠卻很管用的微笑，「你女兒好嗎？」他知道桑德拉最討厭別人提醒她有個十五歲的女兒。

「喔，還是個問題孩子，沒變。」

「我很想見她。」貝利想激怒她。

「她很快就會來這裡了，該死。你知道，她是我的保母。」

「當然，她很可愛。」

「喔，是啊，是很可愛。」

「非常有青春的魅力。」

「那是當然。」

「你知道，年輕很吸引我的。」他說。

「這我可沒注意。」

「別這麼刻薄。」

「可我一直都是這樣。」

「瑪格莉特只跟你一樣大。」他又說。

「她看起來比實際還要老十歲。」

「她好上手得很。」他說。「他媽的我的酒呢？」

「跟你在一起眞愉快。」

「你不必這樣的，你知道。」

「你希望我走開嗎？」

「幫我付錢。」

「天哪，你眞是個被寵壞的孩子。」

貝利端起自己的酒，故意慢慢轉過身背向她。每個認識貝利．卡伯特的人對此都習以爲常。桑德拉也沒打算離開。對付難搞的孩子，最好的辦法就是無視他。她看著吧檯裡頭的鏡子，映出貝利一貫予人的形象，一張過於柔弱而始終拿不到男主角的臉。他的表情以至舉止向來傲慢，從未改變，這時正在搔首弄姿。桑德拉從鏡子裡看見艾爾．李昂尼來了，鬆了一口氣，便等著他發現她，然後走過來。艾爾來到吧檯，看了貝利一眼，對桑德拉聳聳肩，沒理他。艾爾跟大多數男人一樣，非常不喜歡貝利．卡伯特。

「一個人喝酒啊，我懂了。」

「是啊，艾爾，這是常態了。」

「別又來了，小娃娃。」

桑德拉笑了。「好吧，」她說，聲音稚氣而親暱，總讓男人們以爲她是在跟他們調情，她確實是。「如果你答應跟我喝一杯，我保證不難過。」

「好的，寶貝。我可以再給你點杯酒嗎？」

「艾爾，我真喜歡你。」

「這樣吧，我們換到桌子那邊去坐。」他總覺得自己對貝利．卡伯特來說彷彿從天而降，杵在他跟桑德拉之間。

「你的孩子最近好嗎？」艾爾問道。

「親愛的，今晚要是再有一個人問我這個問題，我就要尖叫了。」

「喔，別這麼說。有這麼好的一個孩子，你應該驕傲才是。」

「柯妮又沒讓我看起來年輕點。」

「你到底想年輕給誰看？像貝利．卡伯特那種基佬？」

「不，不是的，我對他一點興趣也沒有。我只想爲自己年輕。我從來沒想過要當別人的媽。」

「這麼說也有道理。」

「聽好，如果連你也要變得這麼難伺候……」

「我就是關心一下你孩子。你知道，她是你這個該死的家庭裡唯一一個有價值的人。你那個軟趴趴的前夫，跟那個混蛋羅素——」

「別把他扯進來。你一點都不考慮別人的感受。」

「考慮別人的感受？我把這話還給像你這樣的怪胎。我可是搞業務的，親愛的。」

「老實說，艾爾，我有點擔心柯妮。她在學校好像一點也不開心。她的舍監給我寫了一封長信，說柯妮有多麼希望自己在這裡，對她的學業又是多麼地懈怠，而且也沒有可以談心的朋友。」

「聖誕節的時候我就跟你說過，那孩子需要一個家。我知道，我知道，我一點都不考慮別人的感受，但既然現在羅素已經出局了，我想你應該讓她留在這裡，跟你在一起。」

「艾爾，你知道自己在說什麼嗎？」

「我知道，就是要你在孩子的面前像個媽，要你有所改變，正視自己的責任。」

「聽好，你跟我一樣清楚，我會給她什麼樣的生活。」

「恐怕我是知道的。例如在她聖誕節假期的時候，放我在酒吧裡安慰她。」

「在酒吧裡安慰她！眞的嗎？親愛的！柯妮很愛像大人一樣，跟我們一起喝黛綺莉。」

「放屁。孩子最愛的，就是覺得自己像個孩子。」

「就算是這樣，你知道的，我不喜歡孤單一個人。我是個應該有很多男人圍繞著我，陪我跳舞的女人。」

「他們要圍著你就讓他們去。但是把那孩子弄出寄宿學校。」

「但是她在那裡有安全感。」

「她有才怪。她連個家都沒有，要怎麼有安全感？」

「你是打算教我怎麼養孩子嗎？」

「沒錯。你知道，那孩子跟我說話的時候，就像把我當父親一樣。我知道她心裡在想什麼。」

「那你知道的比我和她爸都還要多。」

艾爾點點頭。

「你建議我們送她去哪裡？」

「好萊塢高中。」

「老天，不。」

「有什麼問題嗎？我小時候就念過那裡。」

「我就是說這個。不，她根本不適合那裡。柯妮已經去過東岸所有最好的學校和宿舍，我沒辦法要她改變生活方式，去面對另一群完全不同的人。」

「那就送她去比佛利山高中，跟那群有錢的小雜種在一起[5]。」

「你知道嗎？」她把玩著手裡的酒，「這主意說不定不壞呢。」

5 好萊塢高中和比佛利山高中都是好萊塢附近的公立高中，但後者因為位於富裕的比佛利山莊，所以學生家境普遍優渥。

「要是你搬出這裡，在比佛利山莊找個房子，這主意說不定也不壞。」

「嗯，這我就不知道了。看看吧。不過你說的也許有點道理。」

「那我就講到這裡了，你考慮考慮，小娃娃。我得走了。我跟前幾天晚上在這裡的一個可愛小妞有約。她要我去她的公寓接她，老天哪。她還挺有品味的，這個小妞。」

「祝你玩得開心。」桑德拉笑著說。

「再見啦，怪胎。」他溫柔地說。

桑德拉．法瑞爾一想到要讓柯妮和自己一起過日子，必須爲那孩子建立一個家，就覺得害怕。待在好萊塢這四年，讓她得以像年輕女子一樣過活。而現在，突然間，她就要成爲一個孩子的母親，而這孩子幾乎已經是個女人了。這個想法嚇壞了她，但她知道艾爾是對的，艾爾永遠都是對的，該死，居然還用他那種粗魯直接的方式說出來。柯妮確實需要一個家，桑德拉已經意識到這件事好幾年了。這需要時間，但桑德拉．法瑞爾最後總是會面對自己該負的責任，她對這一點很自豪。當然，她總是不情願的，因爲她意識到自己是在犧牲，這麼一來，她原本可做的樂事就會變少。就像她經常告訴自己那樣，她給了柯妮最好的學校、最好的住宿環境、漂亮的衣服，但奉獻自己又是另一回事。她從來沒能做到這一點，即使對她的丈夫也是。然而，她知道必須這麼做，於是她離開了阿拉花園的酒吧，給柯妮寫了一封信。

5

柯妮很高興她能對斯凱斯布魯克大吼一聲見鬼去吧。雖然當里斯女士說正在認眞考慮讓她擔任明年《文學評論》的編輯時，她感到一陣強烈的懊悔，但對於終於可以離開這裡還是很高興。她不喜歡爲反而反，並且認爲，要是你不喜歡某個地方，走就是了，這才公平。而且，珍奈被退學了，柯妮也沒了可以同住的人。

她在拉瓜迪亞機場上飛機時比以往更興奮，因爲她知道，這次就要永遠離開寄宿學校了。雖然柯妮從一歲半就開始搭飛機，七歲起就一個人飛，但是在起飛前，引擎開始轉動的那一刻，她仍舊激動難耐。離開紐約大約一個小時後，她鍾愛的城市景色已經鎖在濃密的夜雲下，她拿出媽媽的信又看了一遍。

柯妮寶貝：

前幾天我收到你們舍監來信，讓我非常不安，但我沒有立刻回信，我想等到我能對這些問題提供明確解決方案的時刻再回覆。你的舍監跟我說了你和萊斯曼醫生會面的情況。學校很擔心你。我不知道你編了什麼故事，讓醫生認爲你有自殺傾向——雖然我們都知道這是胡說，但學校不這麼認爲，你不能拿這種事開玩笑。但如果你要責罰我，這樣已經夠了。

聽到你不再依賴那位英文老師的消息，我眞的很高興。我知道你很難跟同年紀的人交朋友，但是你和一個比你年長的人產生依戀關係，只會讓你的生活變得更孤獨，這種事除了讓你和同年紀的人更疏遠之外沒有任何好處。你們舍監說，你似乎比較常去找其他女孩了，她提了幾個名字（阿爾伯特跟誰啊——），說你好像跟她們建立了友誼，我很欣慰。

我從福瑞斯特太太的信裡看得出來，春假之後，你對斯凱斯布魯克越來越不滿了。不管是什麼，很顯然，你的過度睡眠表示有事情在困擾你。我不知道你想逃避什麼，但在我看來，該是我給你一個眞正的家的時候了。一方面，你應該擁有幾場約會和派對，也應該擁有在半夜洗劫冰箱的自由，如果你想的話——大部分孩子都認爲這是理所當然的事。我知道我永遠不可能變成一個頭髮花白的可人母親，也給不了你在寄宿學校裡能找到的穩定。但這一切你都明白。選擇權在你。

我昨天和你爸在電話裡談了這件事，他認爲你應該到這兒來——意思是，如果你願意的話。當然，他總是很高興自己是在東岸工作。如果你決定要走，請盡快告訴我，這樣我就能安排你去比佛利山高中，並且通知你爸，這樣他就能去跟里斯女士談談。不要覺得我們在對你施壓，如果你想留在學校，我們也會理解。

順帶一提，艾爾．李昂尼跟你問好，整座花園飯店都在等待你的到來。小寶貝，考試好好考，我很期待見到你。我們可以喝香檳當早餐，我保證這個夏天你會玩得很開心。

我愛你，

媽咪

柯妮心裡沒有什麼疑問，當她在柏本克[1]下飛機那一刻，對自己的選擇更加確定了。花園飯店接到了通知，李昂尼和眾家演員都在酒吧等待她，他們早餐也確實喝了香檳。有個演員是柯妮以前沒見過的，就是貝利·卡伯特。他有一點醉了，但頗為迷人。他和她打招呼時，毫不意外地擁抱了她，也毫不意外地批評了她的眼睛，在酒吧的昏暗光線下，她的眼睛顯得十足漆黑。他的傲慢勾起了她的興趣，這種個性似乎跟她一樣。他轉過頭，擺出一個不想讓鏡頭拍到他雙下巴的姿勢，雖然他的身形瘦削，而且才二十八歲，但這是喝了無數馬丁尼後的必然結果。這個姿勢讓柯妮想起自己那本破舊《布魯克詩集》封面上的魯伯特·布魯克[2]。那天晚上直到入睡前，貝利·卡伯特仍在她

1 柏本克（Burbank），位於美國加州，是組成大洛杉磯地區的城市之一。有「世界媒體之都」的稱號，多家主流媒體及娛樂公司的重要部門皆設立於此。

2 魯伯特·布魯克（Rupert Chawner Brooke，一八八七～一九一五），英格蘭詩人，以在第一次世界大戰時期寫作的十四行詩如《士兵》（The Soldier）知名。此外他也以英俊的外貌聞名，葉慈曾說他是「英格蘭最英俊的青年」。

的腦海裡，沒有離開。

第二天早上，柯妮一醒來就模糊意識到自己睡過頭，錯過了早餐和做禮拜。柔和的晨光灑在她床上，她看了周圍一圈，看見一棵棕櫚樹掃著窗戶，便又放心躺回去。斯凱斯布魯克已經在她身後很遠很遠的地方了。柯妮換好衣服，走進客廳，客廳裡擺滿了喝空的酒杯和堆滿的菸灰缸。這讓她更加放心，雞尾酒會是她生活中爲數不多的固定活動之一。她長這麼大，一直把酒和她的童年連在一起。當她獨自一個人，又不希望獨處的時候，只要有一杯酒就能讓她安心，就像做晚飯的香味或給夏日草坪澆水的聲音一樣。

沙發上，貝利．卡伯特裹著毯子抵擋加州夜裡的寒意，像個小男孩般睡得很香。柯妮看著他，男人用手臂掩住頭，神情很放鬆，睡相很孩子氣。她坐在他對面，也不懂自己爲何就喜歡看他睡覺。貝利的皮膚白皙乾淨，是像女人或孩子的皮膚，一綹紅褐色頭髮垂落高高的額頭。他的嘴型精緻文雅，下唇卻是十足十的豐滿。

她媽媽這時走進客廳，身上穿著白緞浴袍，皮膚曬成古銅色。她抬起頭望著她。

「早安，小寶貝，昨晚睡得好嗎？」

「睡得很好，謝謝媽咪。」她看了沙發那邊一眼。「我們的客人也睡得很好。」

「噢，是啊。昨天派對結束得晚——我犯了個錯，送了隻火腿進去，我想他們已經好幾天沒吃東西了。貝利不敢回家——你知道彼得潘[3]最怕自己一個人待在黑暗裡，所以我跟他說，他可以睡沙發。」

一陣急促的敲門聲傳來。柯妮起身應門，近午的陽光映出派翠克·卡瓦諾的身影，他是《紐約客》的作家，也是前一天晚上的客人之一。他手裡端著一只銀托盤，上面放著四杯血腥瑪麗。柯妮笑了出來，接下了托盤。

「派翠克，親愛的！」桑德拉衝向他，伸出雙臂摟住他。

「把那個白吃白喝的卡伯特叫起來吧。」他說。

貝利把臉埋進沙發，不清不楚地咕噥些什麼。

「我們給你弄了杯血腥瑪麗，卡伯特。」派翠克說。

他不情不願地起床，坐了起來。

「媽咪，我也可以喝嗎？」

「我給你帶了一杯。」派翠克說。

「不行，柯妮，早上十一點不要喝伏特加。要是你爸知道了，他會氣喘發作的。」

「就讓那孩子喝一杯吧。」貝利說。

「好吧，你可以喝四分之一杯。」她媽媽讓步了。

3意指「不願長大的男孩」。

派翠克嚴肅地舉起酒杯。

「敬柯妮，」他說。「祝她總是可以睡到很晚，起床時發現有杯酒等著她。」

「身邊還有一群能逗她開心的男人。」她媽媽補上一句。

「爸爸會爆炸的。」柯妮說，但她喜歡這幾句賀詞，也很高興地發現血腥瑪麗喝起來像番茄汁加塔巴斯可辣醬。

她媽媽爲別墅裡的每個人都點了早餐送來，且附上更多血腥瑪麗和大量黑咖啡。媽媽不准柯妮再喝血腥瑪麗，但不管怎樣，她餓了，打算吃了早餐後去游游泳。

她穿上黑色無肩帶泳衣，看著鏡子裡的自己，其他人還在外面聊天。她的身材很好，這一點她非常有自覺。像個舞者一般，肌肉結實的雙腿是長年運動的結果，柯妮生得纖瘦卻健壯，肩膀寬寬的，肌膚曬成小麥色，包裹住鎖骨和輪廓分明的上半身。她的乳房堅挺豐滿，即使只有十五歲，她已經有一副女人的身體，曲線玲瓏，緊實而性感，讓人無法不去注意。就算是走路這樣簡單的動作，她也能輕鬆自信地運用自己的肢體，她對自身體態的永恆自覺，她那雙碧眼中的生命力和挑戰意味，在在清楚表露了她的情欲。她還不滿十六歲，但已經準備好迎接愛情。雖然母親沒能意識到，柯妮自己也只是模糊感覺到一點，但男人們都察覺到了。她從來沒有吻過男人，也從來沒像珍奈那樣沉溺在性愛的擦邊行爲中，但她的欲念高漲，對愛的渴求深如萬丈幽壑。

她走到水池邊，驚訝地發現已經有三個和她年齡相仿的少年在那裡。不知道爲什麼，夫妻一旦住進花園飯店，要生小孩就有困難了，男孩們在池裡把同伴壓進水裡，充滿青春活力的笑聲似乎嚇著了那些曬日光浴的人，也打亂了蓮葉形水池周圍自欺欺人的夢幻迷霧。看見那些男孩，柯妮很不高興；他們是來自粗糙、鮮亮、野蠻青春世界的不速之客，闖進了這片從未有人踏足、屬於失意人的柔軟沙灘。

艾爾·李昂尼曬得像根紅紅的桃花心木。他是從對街的公寓過來的，這時正趴在自己的躺椅上做伏地挺身。

「嗨，小娃娃，」他親切地跟她打招呼。「昨晚幾點睡的啊？」

「我想大概兩點吧。」

「你媽媽呢？」

「有些人順道到別墅來，他們都在喝血腥瑪麗。所以我就走開了，因爲我想游泳。」

「貝利·卡伯特在嗎？」

「在，他睡沙發。」

「我就知道。你覺得他怎麼樣？」

「我喜歡他。我對他有點興趣。」

「天哪，我就擔心這個。聽好，小寶貝，當心那個基佬。他是個人渣。」

「你這話是什麼意思，當心他？」

「他是你會喜歡的那種人，那種自命不凡的藝術家，對女人也有點魅力。而且，他老是在你們別墅附近出沒，因爲你媽有時候會給他飲料和晚餐，還覺得他很有意思。所以，你千萬不能對他產生興趣，因爲他是個十足十的混蛋。」

「艾爾，我對誰都不感興趣——對貝利這種年紀的人也是，」她克制地說。「你知道，我只是個孩子。」

「這我可不知道。你是個女人，還是個有魅力的女人。這裡有些傢伙會趁機利用這一點。」

「池裡那些小孩是誰？」她說，換了個話題。

「兩個是電視製作人的兒子，一個是導演的兒子。他們來這裡放暑假。想認識他們嗎？」

「不怎麼想。他們吵死了。」

「我會幫你介紹。他們對你來說是有點幼稚，但都是好孩子，比你稍微大幾歲。」

「等他們從池裡出來，我會跟他們見個面的。」她毫無熱情地說。

艾爾在陽光下躺了幾分鐘。

「親愛的，我想跟你談談你媽的事。」艾爾用一種要人保密的語氣說。他看了看四周，但附近並沒有人。

「她會是這世上最後一個告訴你這件事的人，不過我認爲你應該要知道，」他低聲說。「她快要破產了，除非突然出現轉機。」

柯妮困惑地皺起眉。「可是她的戲約……。」

「電影公司不接受她的要求。她有機會在尼克．羅素的新片裡當女主角，這幾乎是她唯一的希望。你知道，她已經不像一年前那麼吸引人了。他們的政策一直在緊縮，這事你說不定知道，演員一車一車地被解約。她負債累累，除非她拿下這個工作，否則我看她除了宣布破產沒有其他可能。她最後兩部片簡直是票房毒藥，每個人都很害怕，他們現在不敢在她身上冒險。」

「可是廣場飯店、花園飯店，還有她今年秋天要在比佛利山買的房子又是怎麼回事？」

「寶貝，你跟我一樣瞭解你媽媽。她是個怪胎，認為有某種看不見的力量會一直給她錢。她不敢相信自己要破產，所以她的債務越來越多，總覺得最後一刻會有什麼出現。」

「就像米考伯先生[4]。」柯妮若有所思地說。

「嗯？」

「沒什麼。」

「所以，孩子，事情就是這樣。我覺得我最好讓你知道，因為你是你家唯一懂事的人，說不定

---

4 威爾金斯．米考伯（Wilkins Micawber）是狄更斯小說《塊肉餘生錄》（David Copperfield）中的一個角色。米考伯先生由於債務問題進過牢房，角色原型是狄更斯的父親約翰．狄更斯，他在狄更斯兒時也遇到了類似的經濟問題。

你能阻止她瘋狂購物或其他什麼的。還有，我並不是希望這一切像個炸彈一樣打擊你。我是希望你做好準備，因爲你已經夠大了，可以處理這些事了。」

柯妮想起自己小時候，當她被交付一個孩子永遠不該承擔的責任，以及她被迫意識到一個孩子原本該忽視的現實時，被叮囑過的每一句話。直到那個孩子自己選擇從幻想的高塔走下來，來到巴別塔底的平原。她無聲地嘆了口氣。

「我很高興你告訴我，艾爾。也許我們可以一起讓她理智一點，不過我很懷疑有沒有這樣的可能性。不管怎樣，我會努力，我會盡量不跟她要錢、要衣服或者別的東西，這樣她就不會受到引誘，欠下更多的債。」

她看見比佛利山上的房子在陽光下變得模糊，和這個眞實世界中最不眞實的粉彩天堂融爲一體。管它呢，她想，我又不是因爲錢才決定到這裡來的。她又加上一句，不過，錢總是讓事情好辦得多。眞爛啊！她突然生氣地想。要接受破產這件事，眞爛，眞討厭啊！但是，這就是活在充滿夢幻想像的世界、一個迷人的世界必須付出的代價。也許吧。她也不知道。

柯妮躺在艾爾．李昂尼隔壁曬著太陽，發現自己在想貝利．卡伯特。她想瞭解他，想跟他說話。要是在晚上，她通常一個人在日落大道散著步的時候，能坐在他身邊，該有多好啊。她厭倦了孤單，她有一點怕了，雖然她不知道爲什麼。她的思緒突然飄開，想知道親吻貝利．卡伯特是什麼感覺。但這想法很蠢；她還是個孩子，像貝利．卡伯特這樣的男人是不會注意到她的。她打消了這個念頭。

「妮妮，」艾爾說，「想來我公寓喝一杯嗎？」

讓那孩子一個人孤伶伶坐在那裡沉思，他覺得很抱歉。他的話一定讓她心煩意亂了，他應該等她在這裡安頓下來再跟她說破產的事才對。但他說話向來沒多想，要是他有話要說，就會直接說出來。

聽到邀請，柯妮很高興。這是第一次有人請她一起去喝一杯。

「我非常樂意，艾爾。」

他們穿過街道來到艾爾的公寓。進門時柯妮突然想到，也許她不該進男人的公寓，她媽媽總是叫她不要這麼做。但接著她立刻嘲笑自己，因爲這可不是哪個男人，這是艾爾，而她畢竟只是個孩子。

當她發現「來喝一杯」的飲料原來是葡萄柚汁時，更覺得自己那短暫的猶豫太愚蠢。在昏暗的客廳裡，她坐在他對面的沙發上。

「希望我的話沒讓你太難過，親愛的。」他邊啜飲葡萄柚汁邊說。

「沒有，艾爾，我還好。我大概總是以爲一切都會很完美吧？想到我們要破產了、要面對這樣的現實，確實有點打破了我的幻想。」

「天哪，孩子，我還以爲你是這個家裡最懂事的人呢。你說話的口氣跟你媽一模一樣。」

「你知道，我們比你想的還要像得多。」她靠在沙發上，凝視天花板和上頭的間接照明。「有時候，我眞希望自己能拋下一切——這種世故的東西，當個和我身邊的人都不一樣的人。」

「妮妮，你可以試的。」

「不，就是不行。昨天晚上當我回到這裡，我就意識到，我永遠沒辦法改變我一路長成之後的樣子。要是我在六歲左右被託給你這樣的人撫養，也許我就不一樣了。現在我就只能忍受在十一點喝雞尾酒，在中午吃早餐。」

「聽起來像是我這個年齡的人說的話。」

「艾爾，我差不多是個女人了。就算我有過童年，也已經過去了。不管我喜不喜歡，未來我會成爲什麼樣的人，已經定了。我可以抗爭，但那樣只會把我自己累垮，讓自己無所適從。」她坐直身體揉了揉脖子。「我在飛機上都睡僵了。」

「要我幫你按按脖子嗎？」

「好，太好了。」

艾爾端著他的葡萄柚汁坐到她旁邊，寬厚的棕色大手放到她的脖子上，用手指推拿她年輕光滑的肌肉。他碰觸到肌肉緊繃的訊息，便更集中精神要驅散它，盡可能不去感知指尖下結實的古銅色胴體。畢竟，柯妮只是個孩子，而且她信任他。

柯妮喜歡男人按摩她脖子的感覺，她靠在他身上微笑。她喜歡男人，也喜歡艾爾。倚靠著他，使她獲得一份溫暖，還意識到一種全新的感受。一種切實存在、彼此交流的感覺，一種越來越顯張力的溫暖感受。她沒那麼天眞：她知道自己被艾爾吸引了，她喜歡他的身體靠近她的感覺。

艾爾俯身吻了她的後頸。柯妮不再是柯妮了，她靠在他身旁，是個熱情洋溢的年輕女人。他輕輕把她的頭放在沙發上，移動她的腿，讓她躺在他身邊。他溫柔地吻了她的肩，雙手撫摸她的臂膀。他把頭抵在她身上，那年輕身體散發的氣息忽地激烈起來。

柯妮同樣變得意亂情迷。這種感覺她從未有過。她的理智，那始終主宰著她的理智，在她釋放的激情中變得模糊，變得無關緊要，她連爲逝去的主宰者哀悼的時間都沒有。她的身體突然有了活力，帶著一種她從來不知道自己做得到的意識。有人想要她，她因爲有人想要她而欣喜不已。

「放輕鬆，」男人輕聲說。「抱著我。」

聽見艾爾的聲音，整件事突然眞實起來，她嚇了一跳，別開頭去。

艾爾坐起來，看著她，這個年輕、沒人碰過，卻不知爲何毫無防備的女孩。她躺在那裡，一言不發，動也不動。

「你像個娃娃，」他說。「一個木頭娃娃。」

她沒應聲。

「你是個正經體面的孩子，」他說。「我很高興發現這一點。你沒事的，柯妮。保持下去。別讓我這樣的混蛋強迫你。」

「不，沒那麼體面。」她低聲說，因爲她覺得自己很不乾淨，一身是汗，感覺自己很噁心。她坐起來。艾爾端起自己的葡萄柚汁，改坐到她對面的沙發上。

「抱歉，孩子。我不知道——我不確定。你知道的事似乎比你自己以爲的多得多。如果我傷害了你，我很抱歉，因爲我眞的很喜歡你，我不想傷害你。但我一向是個不用腦子的人。」

「沒這回事，艾爾。」她露出笑容，想讓他感覺好一點。「眞的，沒這回事。我也有錯，因爲我想要你跟我做。我希望有人——但我就突然怕了，我知道我其實不想。你有菸嗎？」

她從來沒跟人要過菸，她並不是眞的想抽，她才剛學，還不習慣。然而不知爲何，這時候似乎很適合來根菸，於是她專注地抽著，很當心地不讓自己看起來像個新手。

艾爾很訝異她居然會討菸抽。她以前從沒抽過菸，他也不喜歡她抽菸。但他已經失去了引導她的權利，因爲如今在她面前，他只是個男人了。他失去了他的榮譽地位，所以在她抽著菸，凝視虛空時，他什麼也沒說。沉默令他尷尬。以前他求愛過，也被拒絕過，女孩們也會不好意思，但從來沒有一個人的反應是靜靜地坐在那裡望著對面的牆。他覺得自己像個徹頭徹尾的人渣。

「看在老天的分上。」他終於打破沉默。

柯妮抬起頭。

「今晚我可以請你吃飯嗎？」

柯妮不想。她不想見到他，想抹去剛剛發生的一切。但是她不想讓艾爾難過，因爲，畢竟，一個女人應該做好被求愛的準備，而不該責怪那個男人。再說，她也知道自己逃不開，如果她說了不，她就會再逃一次。

「好的，艾爾。」

「那我六點左右到別墅。」

「好的，艾爾。」

她說，「那些人現在應該都離開別墅了，我想我就回去吧。」

「要我介紹那些孩子跟你認識嗎？」他覺得自己似乎應該做一點什麼，好讓她再次變回一個孩子。他對她媽媽說了那麼多教，如今卻偏離了自己的初衷。

「不要。」她不想見到那些年輕的入侵者。她不是他們當中的一員，也永遠不可能是。她站了起來。

「待會見，艾爾。」

「我很抱歉。」他又說了一次。

「抱歉什麼啊？」她說。「別胡說了，艾爾。」

她聳聳肩，腳步輕鬆地走進加州的午後，回到媽媽的別墅。進門當時早已四下無人，她撲到床上哭了起來。

6

傍晚時分是寧靜而多情易敏的。柯妮穿著媽媽不喜歡的緊身李維斯牛仔褲，坐在窗邊看波特萊爾的《惡之華》。

桑德拉看著柯妮，不知道是什麼事讓這孩子這麼憂鬱。艾爾請她吃飯，她很高興，柯妮很喜歡艾爾，也很信任他。但是晚餐之後，柯妮情緒似乎更低落了。她本就沉默且孤僻，可是這時竟比去年這時見到她的時候還孤僻。也許這只表示女兒在長大，離她越來越遠。

「柯妮——」

「什麼事，媽咪？」

「柯妮，你在煩惱什麼？我希望你告訴我。說不定我可以幫點忙。」

「我沒在煩惱什麼，媽咪。」

「我知道你怎樣也不會告訴我的。」桑德拉疲憊地說。

「可能是不會。」

「你希望我請人來家裡吃飯嗎？這樣你會不會高興一點？」

「媽咪，我很好。」

「最好是啦。你沒去好好玩一下嗎？你可以跟那些好男孩一起游泳，換換心情。」

「是，他們都很好。只是太小了。」

「你也沒多老啊。」桑德拉笑著說。

「嗯。」柯妮想繼續看書。

「我說，你不能老是沉溺在這種情緒裡，」桑德拉最後說。「這樣跟朋友出去會變成一個很無趣的人。」

「如果我讓你厭煩了，對不起，媽咪。」

「我們要去斯坎迪亞吃頓豐盛的晚餐，我會邀個人一起去。」桑德拉想了想。「貝利·卡伯特，或者派翠克·卡瓦諾吧。他們總是很能逗人開心。」

「媽咪，那好貴的。」

「也沒多貴。」她敏銳地看向女兒。「爲什麼突然擔心起錢來？昨天晚上你跟我說，你不想要新的冬季外套，說有那件舊馬球大衣就行。你說話越來越像你爸了。」

「我們應該——嗯，我們好像快破產了，不是嗎？」

「是你爸告訴你的？」

「他稍微提了一下，但是——」

「老天，他幹嘛用錢這種事來煩你？」

「嗯，爸爸也不是唯一一個——」

「什麼？」

「沒事。」

「就算電影公司不接受我的條件，尼克也會讓我主演下一部電影的，所以我們不用擔心。不管怎樣，我想我會多接點自由演員的工作，所以也無妨。」

「放屁。」

「你說什麼？」

「我說，放屁。」

「不要這樣跟我說話。」

「抱歉。」

「你到底怎麼了？」

柯妮聳聳肩。她能說什麼呢？要說的實在太多了。

「晚餐我要請貝利。你去劇院酒吧邀請他怎麼樣？走走路對你有好處。」

貝利四點鐘會在離花園飯店一個街區遠的劇院酒吧，這件事很容易猜到。他會一直待在那裡，直到他設法讓別人爲他買一份凱撒沙拉（「噢，不用，我吃過了。但是親愛的，我想要一份沙拉，這樣你吃晚餐的時候，我就可以陪著你吃了。」），好讓他撐到隔天下午兩點吃早飯。

柯妮看見他的車停在外面，是一部四一年的敞篷小轎車。她在外面等了幾分鐘，看著那部車，緊張得像要進去見校長女士。最後她深吸一口氣，撐飽那條低腰低到屁股上的李維斯緊身牛仔褲，彷彿鼓起了她十五年（將近十六年）的老練經驗，走了進去。她畏縮地朝昏暗的酒吧掃了一圈，裡頭幾乎沒有人，滿頭白髮的酒保抬起頭——很不以為然的樣子，柯妮覺得。

「我……我是來找人的，」她口齒清晰地說，故作一種桀敖不馴的語調。「貝利．卡伯特在嗎？」

「哈——囉，小可愛。」而這男人完全掌握了這幾個字的最大價值，用柔軟豐厚的嗓音把它們傾吐出來。「妮妮，來跟我喝杯可樂吧。」

「貝利——我剛剛沒看見你。」柯妮的態度非常不自然。「我來請你和我媽媽一起吃晚餐。是她要我來的。」她漸漸穩下心神，和貝利．卡伯特身在同一家酒吧，讓她十分興奮，她覺得自己超像大人。

「我非常樂意和你以及你媽媽共進晚餐，」他微笑道。「但在我喝完酒之前，你先喝杯可樂吧。」

柯妮遲疑了，但只遲疑了一下下。還好，劇院酒吧並不那麼像酒吧，這裡就是個安靜的小地方，每個人都會來，為了家庭聚會之類的。而且她媽媽知道她在哪兒，再說了，她喝可樂只需要幾分鐘。

「好吧，」她說。「謝謝你。」然後她在他身邊的吧檯座位坐下。

「佩特，給這位年輕女士一杯可樂。然後再給我一杯跟剛剛一樣的。」

「我得回去告訴媽媽你能來。」她說。

「我喝那杯馬丁尼只需要大概三分鐘。」

柯妮不情願地點點頭。

「柯妮，來根菸？」

「好，謝謝。」要是珍奈在，會說，她這是嫌死得不夠快。但是，不，珍奈會很高興的。

他為她點菸，嚴肅地舉著火柴，但柯妮吸了很久才終於點著菸。貝利迅速把火柴吹滅，因為火柴燒到他的手指頭了。當女孩顯然下了很大決心地長長吸了一口，又立刻呼出來的時候，他的臉上沒有任何反應。

「我聽了很多關於你的事，」他說。「我一直很渴望見到你。」

「媽媽也跟我提起過你。」是的，她媽媽跟她說，貝利簡直就是酒鬼，而且還是個基佬。她還說過貝利非常有魅力。其他的對柯妮來說都沒什麼意義。

「你媽是個非常了不起的女人。」

「是的，她是個很棒的人。」

接著是一陣沉默，酒保端上馬丁尼和可樂，貝利點起一根菸。他開始哼起歌。

「覺得無聊？」柯妮冷冷地說。這是她媽媽說過的話。

「不，不，小可愛。一點也不無聊。」

他在椅子上挪動幾下。

角落的一張桌上突然爆出笑聲。

「當然啦，」一個嘶啞的女聲說，「瑪麗蓮上一部電影裡那個角色，她其實能演得更好。根本就不費力氣，老天。」同桌的兩個男人都笑了。

「佩特，」貝利說，「再來一杯馬丁尼，」

「您也再來杯可樂嗎，小姐？」

「不了，謝謝，我這杯還沒喝完。」

又是一陣沉默。

「還有喬治發現之後那一幕，」一個陰柔的男聲說。「天哪，幾個街區外就能聽見他的聲音。好像這種事以前沒發生過似的。」

「而且，」另一個男人說，「眾所周知，他跟每個客戶都搞過。」

所以「搞」是這個意思。柯妮想，難怪羅森小姐不讓我用這個字，眞是保守的小女人啊。她笑了。

「你在想什麼？」貝利問。

「沒什麼。」柯妮說。

「你喜歡這裡嗎？」貝利最後說。

「噢，我愛死這裡了！」她的綠眼睛充滿熱情。「這眞是個奇妙的童話小鎭。很不眞實。當然，它的不眞實在一段時間後就會讓人害怕。這是我到過的唯一一個，會讓我在早上起床時往窗外望，確認它沒有在夜裡消失掉的城鎭。」

「是啊，我也這麼覺得。這是一個一直等待的小鎭。在電話邊等著鈴響，在早上等著郵件，看看你接下來幾個月有沒有飯吃。然後是逃避。喝杯烈酒，或者打電話給哪個騷貨——抱歉啊，因爲從來沒有電話或郵件來過。這是個糟糕透頂的小鎭。眞希望我能擺脫這裡。我眞希望自己他媽的能離開。我在這裡已經十一年了。」

「那你爲什麼不走？比如說，去紐約？」

「嗯，人總是有可能出現轉機。我想這就是我留在這裡的原因。」

「你害怕離開，」她說。「你害怕在另一個城鎭重新建立生活和事業。」

「不，我不害怕，」他生氣地說。「我在這裡付出過這麼多努力，肯定會有回報的。」

「像那些坐在花園飯店，把自己喝到脫離現實的演員們得到的回報？」

「你爲什麼用這種口氣跟我說話？」

「因爲我覺得這是事實。」

「天哪，你眞是個有意思的孩子。從來沒有人跟我說過這樣的話。你好坦白，我喜歡這樣。眞新奇。」

「佩特，」他說，「再來杯馬丁尼。你想來一杯嗎，小娃娃？」

「好，」她說。「我要一杯黛綺莉。」

「再給這位女士一杯黛綺莉。」

「她成年了嗎，卡伯特先生？」

「我可以擔保，佩特。」

「就算說話坦白，我也沒什麼好失去的，」柯妮繼續說。「沒有岌岌可危的事業，沒有攸關未來的人脈，至於因爲坦白而失去朋友，這種事我從很久以前就不再擔心了。」

「從很久以前。柯妮，你多大了？」

「十五。快十六了，」她急忙補上一句。「六月底就十六歲了。」

「十六歲。天哪，你知道嗎？我二十八了。對你來說，我一定跟老頭沒兩樣。」

「不，」她笑了。「一點也不。」

「你的眼睛眞不可思議，」他說。「是什麼顏色的——灰色嗎？」

「有點綠。」

酒吧已經坐滿了人，角落那桌人依然有說有笑，但現在已經不在她的注意範圍內，他們的聲音也成了背景音。

他朝她靠過來，手放在她肩上。她的身體突然繃緊，跟昨天一樣，那種交流的感覺又出現了。她最近怎麼了？爲什麼突然變得那麼容易接受男人，對男人那麼有意識？是因爲在寄宿學校待久了，不習慣見到男人，還是有其他什麼原因？

「沒錯，」他說。「是綠色的。綠色，非常大，懷有強烈熱忱的眼睛。這雙眼睛太不可思議了，就像女演員的眼睛。」

她有一點尷尬。他退了回去，舉起酒杯。她拿起自己的黛綺莉，他們碰了一下杯子。

我的天哪，她想，這太棒了。貝利．卡伯特耶。

「離開寄宿學校高興嗎？」

「噢，高興，」她說。「高興極了。我討厭寄宿學校。首先，我討厭老是跟那些女人在一起。我不喜歡女人。」

「你喜歡男人？」她說。

「噢，是啊，」她說。「我崇拜男人。」

「眞的？」

「指的是本質上的意義，沒有任何區分。」她咧嘴一笑。

他揚了揚眉毛，「乾杯。」他說。

「人家跟我說你是個非常可愛的女孩，」他說。「他們沒說錯。考慮過進電影這一行嗎？」

她笑了，「你能幫我安排個角色嗎，卡伯特先生？」

「喔，叫我貝利就行了，」他微笑著，繼續演下去。「沒錯，小娃娃，我可以幫你弄個角色。」

「噢，那太棒了，貝利。你認識導演和製片？」

「這還用問！寶貝，我幹這行很久了。不如——來我家吃個飯，那我們就可以——聊聊你的事業？」

「貝利，我眞不知道該說什麼！這是我來這裡之後的第一個機會！」

兩個人都笑了，他把她摟進懷裡。

「小寶貝，你沒問題。佩特——再來一輪。」

談笑之間，柯妮忘記了自己的低落和孤獨，她感到非常快樂。天色漸暗，進劇院酒吧的人也越來越多，人們看見柯妮和貝利在吧檯靠在一塊兒，全神貫注地交談。

「看看卡伯特帶來的新馬子，」一個男人對同伴說。「年紀還小，但確實漂亮。那個婊子養得挺好的。」

他們沒注意進來的人，也沒注意到窗外變暗了，酒吧裡已經開燈了。

「貝利。」一個高大健壯的年輕人朝他們走來。

「喔，嗨，喬治。」貝利有一點尷尬。

「你說你七點鐘會打電話給我的，」喬治帶著怒氣。「我等了很久你也沒打，所以我就直接來找你了。」

「天哪，我很抱歉，喬治。」他突然不高興起來。「你來找我到底什麼事？你知道，你可以打電話的。你沒有權利跟蹤我。」他轉向柯妮。「眞的非常抱歉，親愛的。我不能跟你吃飯了，我另外有約……喬治，」他說，「這位是柯妮——桑德拉．法瑞爾的女兒。」

「你好。」柯妮伸出手。

喬治沒有理會，只是稍微點點頭。

「我沒注意到已經這麼晚了。媽媽要生氣了！」

「你能處理好晚餐的事嗎？」

「媽媽這時候可能已經出門了，我清楚我媽。」

「別墅裡有東西吃嗎？」

你這個軟弱的混蛋，柯妮生氣地想。你知道你應該請我一頓晚飯，就算只是個漢堡也好。你也知道媽咪會對我大發雷霆，可是你根本不在乎。

「我想有。」她說，不想讓他覺得自己在對她施恩。

「我不用送你回家對吧？暗是挺暗的，但只有一個街區。」

「不用了，」她厭倦地說。「你不用送我回家。我常常在這種時候自己一個人散步的。晚安，貝利。」

「晚安，寶貝。」

「很高興見到你。」她對喬治說。

那人點點頭，在貝利旁邊柯妮剛空出來的座位上坐下。

「我眞的很抱歉，喬治，」她走出酒吧的時候聽見貝利說，「但是，拜託喔，她只是個孩子——」

7

桑德拉果然氣炸了。她按照原定行程去吃晚餐，生氣地以爲柯妮是跟貝利吃飯去了。那晚她幾乎不跟女兒說話，柯妮灰頭土臉地上床睡覺，第二天早上在媽媽醒來之前就起床溜出房子。她去了水池，艾爾・李昂尼也在，柯妮很高興找到一個朋友。三天前的突發事件和她現在的流放狀態比起來，實在算不了什麼。

「嗨，艾爾。」她開心地跟他打招呼。

「哈囉，柯妮。」

好奇怪，他從來沒喊過她柯妮。

「你昨晚回了家嗎？」

「這是什麼意思，艾爾？」

「我看見你了，你跟貝利・卡伯特在酒吧裡。我不是警告過你要小心他嗎？你知道你穿著你那條藍色牛仔褲，跟卡伯特那樣的人一起喝酒，看上去是什麼樣子嗎？」

「天哪，我在這鎮上什麼事都做不了啊！」她生氣地說。

「你看起來很廉價。」艾爾很直接。

「廉價！我長這麼大從沒看起來廉價過！」

「那麼這就是第一次了。聽著，你想要什麼樣的名聲？」

「拜託，昨晚我媽也這麼說。只是她說的是：『你想別人會怎麼看我？』這話氣死我了！」

「我才不在乎你媽怎樣。我在乎的是你。」

「噢，艾爾，閉嘴吧！別再批評我了！一開始說我假正經，說我講話聽起來像搞社會運動還是什麼，現在又說我像個廉價的騷貨？我該怎麼過日子才好？躲在水底下還是哪兒，上來只爲了說一句『如果我上來呼吸打擾了你，很抱歉。我會盡力躲在水底下的』，這樣子嗎？」

「別這麼傻。我是認眞的。」

「噢，去死吧你！」她生氣地丟下一句話，然後就走了。

我眞不應該對艾爾說那些話。她一邊朝別墅走，一邊想：但我是認眞的。

「好，很好，柯妮，」她進門時，媽媽跟她打了招呼。「我眞高興看見你在這裡度過你的上午，而不是跟某個窮酸演員一起吃早餐。」

「媽咪，拜託。」

「你覺得人家看到你跟某個男演員在酒吧裡喝酒喝到半夜，他們會怎麼看我？」

「只到八點左右而已，媽咪。」

「只到八點左右而已，」她刻意模仿她的口氣。「你也考慮考慮我，想想那看起來成什麼樣子！」

「考慮你，考慮你！你只在乎這個，只在乎別人怎麼看你！我受夠了，受夠了！你這些批評我受夠了！」

「也許你喜歡把自己當大人，但是柯妮，你還是個孩子，只要你還是個孩子，你就得聽我的話，行爲要得體。」

「我不是個孩子，」她生氣了，想起那天早上和艾爾．李昂尼的事。「我差不多是個女人了。」突然間，她因爲艾爾向她求愛而高興，因爲這證明了她是個女人，而且有男人想要她。她多希望媽媽知道這件事——這會讓她閉嘴的！

「差不多是個女人了，」桑德拉諷刺地說。「你也太高估自己了，親愛的。」

「總有一天你會看見！總有一天你會知道的！」

柯妮奔出家門。她不能待在家裡，也不能去水池，因爲會被艾爾唸得更慘。除了沿著日落大道走，她沒有別的事可做。

她往北邊走，離開商店街、施瓦布藥房，以及它隔壁古奇咖啡店外的人群。她走著，不知道爲什麼，覺得自己和路上的樹木、汽車、人行道都毫無關係。她感到抽離，跟在學校的時候一樣，一種奇怪的昏沉感如影隨形，不是疲勞，但很像疲勞。她走著走著，憤怒沉澱爲想像，她想像起自己在跟羅森小姐說話，告訴她發生了什麼事，好讓自己平靜下來。

「你必須理解你媽媽，」羅森小姐溫柔地說。「她只是想著別人會怎麼看她，並不是眞的在生你的氣。」

「那艾爾呢？」柯妮說。

「他可能是有點嫉妒。」羅森小姐笑著說。

「也許吧，」柯妮笑了出來。「可能就是。這可能就是他說我廉價的原因，因爲我拒絕了他，卻跟貝利・卡伯特坐在一起。」

這些想法讓她愉快多了，便把羅森小姐丟到一邊去，因爲她不再需要她了。她已經撫平了自己的痛苦，把它開解掉了，然後，她又能注意到樹木、陽光和有游泳池的彩色房子了。她都快走到比佛利山了呢！她一定走了三十幾分鐘。這裡有比佛利山飯店，上面就是她媽媽說要給她們的新家。但她知道她們不會住在那裡，她知道，那只是另一個會被現實打敗的承諾。尼克・羅素電影裡的一個角色。她知道，媽媽已經把這些承諾當成了現實。

比佛利山是個可愛的小鎭，和日落大道地區完全不相干，和電影公司所在的好萊塢市中心也不一樣。日落大道地區是好萊塢和比佛利山純住宅區之間的折衷地帶。這裡有的是公寓而不是住宅，但它們仍有草坪，而且大部分都有游泳池。日落大道之外的地方就很安靜，有一種比佛利山沒有的輕鬆氣氛。比佛利山似乎很有意識地自大和富有，就像一個從辦公室雜工起步奮鬥到頂的華爾街經紀人。

她漫步在兩旁種了棕櫚樹的寬闊街道上，直到日正當中，把粉彩色的房屋照得刺眼起來。然後她轉身走回日落大道，經過昂貴的商店和大片草坪，走向她認識的那個好萊塢，有施瓦布藥房、古奇咖啡廳和劇院酒吧的好萊塢。

她口袋裡只有七角五分錢，她不想跟媽媽開口要錢，所以她走進施瓦布藥房解決早餐。她走到櫃臺盡頭，迪克正在裡面，他是一年前從俄亥俄州來到這裡的年輕演員。她進店時，他抬起頭來。

「嗨呀，妮妮。回來度假？」

「以後就留在這兒了。」她笑著說。

「還是一樣的早餐？」

「是，謝謝。」

她起身朝書報架走去，在架子上翻了翻，拿起一份《好萊塢報導》和一本《紐約客》，又坐回去。大家都知道，只要不弄髒雜誌，老顧客都可以免費看書報，只要走的時候還回去就行。

迪克端來兩個蛋、火腿、全麥吐司、柳橙汁、一份炸薯條和黑咖啡，然後把五角錢的帳單放在她手邊。

她把《好萊塢報導》上的選角新聞都讀了一遍，看看有沒有她認識的人。又看了八卦專欄，跳過工會和票房收入的新聞，一邊喝掉了咖啡。迪克又給她倒了一杯，然後她開始吃早餐。

「迪克，」她隔壁的一個年輕人說，「把這張紙條交給華特。」

迪克接過紙條，把它遞給櫃臺另一頭一個瘦小的年輕人，隨即走回來。

「他分手了。紙條上寫什麼？」迪克問那個人。

年輕男子笑出聲來，「很髒的話。」他說。

柯妮拿起《紐約客》，翻了翻小說部分。

「欸，查理，」離她幾張凳子遠的男人對他的同伴說，「試鏡怎麼樣？」

「非常好啊，我覺得。你知道韋斯特這個人，他從來不給出任何反應。我有種感覺：他喜歡我。這眞的是個好角色，他問我願不願意把頭髮染成彩色，我當然告訴他我願意啦。我覺得這是個好兆頭，表示他想讓我演這個角色。」

「嗯，你知道，我下星期要上卡夫電視劇場了[1]。」

「那太棒了！跟瑪麗蓮・佩頓一起嗎？」

「恐怕是。她是個婊子。」

「不過她演技挺不錯的。」

1卡夫電視劇場（Kraft Television Theatre），美國電視劇節目，播出時間為一九四七年到一九五八年，每週播出一個小時的現場直播戲劇，除了改編自《聖誕頌歌》和《愛麗絲夢遊仙境》等經典作品外，也有新故事和新角色。

「嗯嗯。」

柯妮無意間從雜誌上方望出去，從延伸了整個櫃臺的鏡子裡，看見貝利．卡伯特走進來。她突然緊張起來，開始全身發抖，叉子被她摔掉了，她非常僵硬地撿起來繼續用餐。

我是怎麼了？她想。我出了什麼問題？

她抖得控制不住，心裡的緊繃感攻佔了身體每一塊肌肉。她沒有抬頭看。

「嗨呀，妮妮。」貝利愉快地說，在櫃臺另一端坐下。

迪克又給她倒了一次咖啡。她很想跟貝利說話，但她知道自己沒有權利這麼做。她知道她絕不能對這人有什麼期待，這些男人全都害怕佔有欲強、纏人的女人。這是她媽媽告訴她的。貝利沒跟她說話，自己翻著《好萊塢報導》沒理她。柯妮喝完咖啡，付了錢，還了雜誌，就離開了。整個人慌亂得不得了。

她走上大街，不想去水池，也不想回別墅，然而她也不敢再回施瓦布藥房了。她在藥房門外猶豫了一會兒，身上還有兩角五分錢，她走進了隔壁的古奇咖啡廳。

她一進門，幾乎每個背對門坐在凳子上的男人都同時轉身。古奇店裡沒有鏡子，看到來的不是什麼大人物，男人們又齊齊轉回去吃自己的早餐。

「一杯咖啡，謝謝，」她對女侍者說。「黑咖啡。」

他們對她不太熟。

她很茫然，很不安。她跟媽媽之間出了問題，艾爾．李昂尼對她很失望，但她覺得一切都值得，因爲她和貝利．卡伯特搭上了線。現在貝利卻不理她了，甚至對她很無禮，她發現自己比以前更孤獨。她想不通，她總是走錯路，因爲她從來沒思考過。

另一群人走了進來，柯妮發現自己也跟其他人一起回頭看。那是喬治，穿著李維斯牛仔褲和皮夾克，跟另外兩個男人在一起。

「哈囉。」他經過她時，她本能地說。他只是看向她，一點也不像認得她的樣子。

我受不了這樣！她想。我到底身在何方啊！

她喝完咖啡，回到水池。附近沒有一個她熟悉的人，她覺得謝天謝地。派翠克．卡瓦諾跟她打了個招呼，便繼續讀他的《紐約客》。那三個男孩在水池裡比誰游得快，比完之後，他們笑著出了池子，在陽光下伸展四肢。她很羨慕他們，眞希望自己能加入他們，離開這個充滿成年人和感情陰謀的陌生世界。但她不敢過去，她被自己的同儕拒絕過太多次了。

於是她爬上雙層別墅的屋頂，鎖上了身後的門。屋頂有股助曬油的氣味，附近沒有其他建築，大家把這裡當日光浴場用。她脫掉衣服躺下來，把身體曬暖，伸展了一下。她用手撫摸自己的身體，從肋骨到臀部。她喜歡自己的身體，她可以信任它。它強健而美麗，從來沒讓她失望過，她想游多少圈，她的身體就游多少圈，還可以打好幾個小時的曲棍球，動起來非常優雅；當她想睡覺了，她的身體就能全然地放鬆。而她難以像相信自己的身體般相信自己的心。當她的身體想活動，她的腦子卻睡著了；她的思緒會在做白日夢的時候甩掉她，在她並不疲倦的時候逼她熟睡。有時候她眞的很討厭自己的心。

「這個身體，」她自言自語。「這個身體應該被愛，被欣賞。這身體之所以生在這世界，不是爲了抱緊我自己，把自己隱藏在孤獨陰濕的角落。」但隨後她又不這麼想了。她不想做愛。她知道對一個女人來說做愛有多愚蠢，多麼傷害自己。這些事她知道，就好像生活裡大多數事情她都知道一樣，這些都是她媽媽告訴她和她親眼所見的。而且，腦子裡有肉欲的念頭也有罪，明天她必須在教堂裡承認這一點，還有她三天前做出的那件荒腔走板的事。她就要成爲罪孽深重的人了。貝利·卡伯特進門的時候，她的身體抖得那麼厲害。當時她很害怕，她不知道爲什麼會這樣，但她知道這和性有關，一想到自己的身體會在不受控制的情況下做出那種反應，她就膽顫心驚。這幾天她有一點害怕自己，當她躺在這裡思考這些想法的時候，就像她躺在曲棍球場上一樣，她知道她必須再次離開，去一個有人的地方。

柯妮進門時，別墅裡空無一人。屋裡很昏暗，她討厭昏暗。她媽媽住過的每棟房子都是昏暗的。在斯凱斯布魯克和其他寄宿學校，她總是堅持整天把百葉窗拉到最頂，即使這樣經常讓她在黎明時分就被陽光叫醒。

出於某種原因——她也不知道爲什麼，她走到廚房，拿出一瓶伏特加，對著瓶子喝了一口。那味道太可怕了，她用雙手從水龍頭底下盛了一些水喝，但她就是想「喝一杯」，於是又喝了一口。

她沒接著喝第三口，因爲媽媽會注意到酒少了，而且她自己也不喜歡那個味道。她走進客廳，爲這個表現感到高興。她沒打算爲自己解釋，拿起了自己的波特萊爾。

青春，眞是段糟糕透頂的時光啊，她離題地想。

8

毫無預兆的八月暴雨封閉了客廳，屋裡黯淡下來，彷彿與世隔絕。柯妮起身開了幾盞燈，她扭開收音機，現在正在播新聞，說起韓國，韓國發生了令人難過的事。她想著，不知媽媽和尼克現在在說什麼。媽媽穿著她在紐約買的黑色套裝，噴上柯妮的爸爸從維京群島買回來的法國香水，興高采烈地出門了。他們要去蔡森餐廳談尼克的新電影。「我會帶香檳回來的，親愛的——香檳，還有很多很多錢。」這場雨眞讓人鬱悶透頂。

柯妮站起來，在番茄汁裡倒了一小杯伏特加，又點起一根菸。她兩個月前滿十六歲了，所以媽媽允許她抽菸喝酒。新聞播完放起了唱片。這是個爵士樂電臺。「〈抽象〉！」他們在播放史坦・肯頓的〈抽象〉。她眞想知道珍奈現在在做什麼，一定是在島上開家庭派對吧。柯妮給珍奈寫過信，把貝利・卡伯特的事都跟她說了，包括後來他們在她媽媽的一場派對上碰面時，他越發刻意不理她、卻又四處談笑風生的事——這比平常地無視她更侮辱人。她有段時間沒給珍奈寫信了，因爲她在腦子裡創造了一些難以置信、根本不存在的東西，她不好意思說。

她跟其中一個游泳男孩看過一次電影，看完電影後去喝了咖啡。但也就這樣了。她決定把自己的社交範圍限縮在媽媽開的派對，雖然在那裡她也可能見到貝利。能抽菸喝酒眞是太好了。這讓她覺得自己年紀又大了些，更像派對裡的一分子。

她在想，媽媽跟已經結婚的尼克這樣睡在一起，該做的都做了，兩個人是怎麼看對方的呢？有時她也會這樣想自己的爸爸媽媽，但他們離婚好久了，維持這種狀態的時間已經超過結婚的時間。不管怎樣，柯妮歸納出來的結論是，睡在一起這件事對她爸媽來說，並不像對媽媽跟尼克那麼重要，因爲她媽媽和尼克不能（也不想）建立任何其他類型的關係。管他的，反正她什麼都不知道。那完全是她一無所知的生活領域——但是，她想，這應該是唯一一個她連猜都無從猜起的部分了。

媽媽應該就快回來了，他們去吃晚餐當時是七點鐘。柯妮有了個想法。她走到電話邊，打了個電話給賣酒的商店。

「呃，我是花園飯店的法瑞爾小姐？」

他們可能認爲是她媽媽。

「好的，法瑞爾小姐。」

「我要一瓶四七年拍譜香檳。」

---

1 蔡森餐廳（Chasen's）是加州西好萊塢的一家著名餐廳，位於比佛利山邊界的比佛利大道上，經常有電影明星、演藝人員、政治家和其他達官顯貴光顧。開業於一九三六年，多年來一直是奧斯卡頒獎晚會的舉辦地。

那是她爸爸向來會買的酒。

「還需要什麼別的嗎，法瑞爾小姐？」

「還要一點薯片。」

「九號別墅，對吧？」

「嗯。」

「我們馬上送過去。」

她對這個點子很滿意。要是媽媽回家時發現柯妮已經買好香檳，她們可以在家裡吃薯片，不必冒著大雨出門，一定很高興。這對她媽媽來說比去外面慶祝更具意義。這是她爸爸會做的事。

香檳送來以後，她決定不繼續喝血腥瑪麗了，因爲她有一點害怕一個人坐著、一個人喝酒的感覺，所以她喝了一杯咖啡，拿起一本伊夫林．沃[2]的小說開始讀。

聽見媽媽進門的聲音，她既愉快又興奮。香檳是冰透的，薯片已經裝好一碗擺在雞尾酒桌上。一切都準備妥當了。

媽媽開門進來，柯妮一看見她，就知道出事了。桑德拉看起來突然蒼老許多、一臉倦容，她心情低落的時候就是這個樣子。柯妮看得出她剛才哭了好一陣子，立刻決定不喝香檳了。她幫媽媽脫了外套。

「要我幫你弄點喝的嗎，媽咪？」她就說了這句話。

「好的，麻煩你了，親愛的。」

柯妮做了一杯摻水威士忌，威士忌放了滿滿兩個量酒器的量，水量則剛好能蓋過酒味。她看了看顏色，決定可以再加一點威士忌，又用手指攪了攪酒，吮了下手指，再檢查一下顏色，才把酒拿給媽媽。

然後她回到廚房，給自己調了一杯加冰塊的威士忌，因爲媽媽不喜歡一個人喝酒。她回到客廳坐下，什麼也沒說。

「柯妮。」桑德拉終於開口。

「他把角色給誰了？」柯妮問。

「電影公司想炒掉他。因爲之前那兩部片子票房砸了，有一部是我演的——再加上電視搶觀眾的恐慌，這在每家電影公司都一樣。所以他們給了他這部片子，和一本精彩的劇本，當成最終測試。他不能再冒險了。」

「不要再幫他找理由。」

「不，這是眞的，柯妮。他需要一個有很多影迷的大明星，一個票房保證。他不能冒險。」

2伊夫林·沃（Evelyn Waugh），本名亞瑟·伊夫林·聖約翰·沃（Arthur Evelyn St. John Waugh，一九〇三～一九六六），英國小説家、傳記及旅行書寫作家。

「所以他把角色給了那個跟他睡過的婊子?」

「柯妮!不要這樣說話!」

「好吧,是不是?」

「那也不會造成任何改變。重點是,我沒拿到這個角色。」

「狗娘養的。」

「柯妮,」她說,「好萊塢是個殘酷的地方。我剛入行時尼克就跟我說過了。他是對的,這是生存之戰,每個人都得顧好自己,沒有任何感情用事的餘地。你不能要一個事業已經岌岌可危的男人毀了自己,去幫助一個過氣女演員。」

「你才不是,媽咪!」

「我不能再欺騙自己了,」她疲憊地說。「之前我沒有跟你說這件事,是因爲我以爲我會拿到這個角色,然後一切都會好起來。我們欠了花園飯店一千多塊,我們得搬出去了。」

柯妮沒有說話,因爲她不想再讓媽媽難過。離開花園飯店!她再也不會在水池邊見到艾爾,再也不能去游泳,或到屋頂上曬日光浴了……而且她再也沒有機會見到貝利·卡伯特,就算在施瓦布藥房或街上都不可能了。

「我們要搬去哪裡,媽咪?」

「比佛利山郊外有一棟公寓,以前艾爾家有個女孩住過。他跟我說了,那裡很便宜,也很不錯，我們可以在那裡找一間套房，就在福斯片場附近。」

福斯片場附近！那條又大又冷、到處都是加油站的大街！眞可怕啊。

「我們什麼時候走？」柯妮平靜地說。

「我們在花園待到這星期三。」

「星期三。」星期三！只剩兩天！

「我們還是離比佛利山很近的，」媽媽急忙說，「近到你可以去上比佛利山高中。我們不會在那裡待太久，只要我弄到電視的工作就行，你知道，電視有這樣的需求，只是我之前不想答應，想著我有尼克的片子要拍。但現在我眞的要好好研究一下了，我跟NBC關係還不錯，你知道——」

她突然停住了，因爲她看見柯妮死死盯住她。

「我保證，親愛的。只要條件允許，我們馬上就搬到比佛利山的獨棟房子去，有游泳池的——」

「我不想住比佛利山，」柯妮悲傷地說。「我就想住這裡。」

話一出口，她就後悔了。

「聽著，柯妮，我們沒辦法住這裡。你以爲我不想嗎？如果不是爲了你，只要有一點電視臺的工作，我就能在這裡自己租個房間了，可是我把你帶到這裡，因爲你不肯回寄宿學校。你就別再給我添麻煩了。」

「對不起，媽咪。眞的對不起。」說那種話眞的太幼稚了，她脫口之前應該想清楚才對。她媽媽當然也想留在花園飯店。

「我再給你調杯酒好嗎？」她說。

「好。」

柯妮又給媽媽調了一杯酒，然後離開了客廳。

她知道她不應該在媽媽難過的時候跑去睡覺；她知道她應該留在那裡陪著她。但是她不想。她想一個人待著，想躺在床上。她厭倦了替別人著想，厭倦了分擔別人的不快樂，她想撫平自己的失望。她哭著睡著了，把媽媽一個人留在客廳。

早上醒來時，雨還在下，眞是場糟糕的雨啊。她走進廚房，給自己煮了兩顆蛋。雞蛋盛盤時，她把那瓶香檳塞到牛奶後面，這樣媽媽起床的時候就不會看見了。她注意到前一晚剛開的那瓶威士忌幾乎空了，想著她可不願在媽媽起床的時候離她太近，任何事情只要加上宿醉就會讓人難以面對。已經十一點了，花園飯店有些男人會在有壁爐的房間打金拉米紙牌，但她不想去那邊看他們打牌，覺得自己是個討厭鬼。

她很快知道自己要去哪裡。她要去見艾爾。只是她必須先給他打個電話，這是當然，因爲他很可能不是一個人。現在時間還有一點早。

「哈囉？」

「嗨，艾爾，我是柯妮．法瑞爾。」她打電話總會報上全名，她喜歡這名字的音調。

「喔，嗨，妮妮。」

「希望沒吵醒你——」

「沒有，小寶貝，我十五分鐘前就起來了。」

「噢，那太好了。艾爾……我在想，不知道可不可以過去找你聊聊。」

「當然可以，妮妮。怎麼了，小寶貝？」

「也不算眞有事，我只是想找人聊聊。希望沒有打擾到你。」

「如果有，我會告訴你的，寶貝。沒事，你過來喝咖啡，我吃我的早餐。」

艾爾心裡有底，大約知道柯妮想跟他聊什麼。昨天花園飯店的經理來找他，跟他說桑德拉離開時必須留下擔保品，不然就得付掉至少一半的帳單。艾爾知道桑德拉欠的錢不只花園飯店這一筆，就幫她談好了協議。那是昨天的事，桑德拉非常願意留下擔保品，很確定那份協議絕對不會有用上的時候。

柯妮端起咖啡，放到沙發旁的桌子上。她往自己後腦勺墊了幾個墊子，在沙發上躺下。

「昨天很晚睡？」艾爾端著他的早餐進來。

「沒有，」柯妮說。「我只是累得不得了，也不知道爲什麼。我還滿早睡的，但今天早上幾乎爬不起來。」

「嗯，下雨天嘛，」艾爾也認同。「要來點吐司嗎？」

「不，謝了，我不怎麼餓。」

「艾爾，」柯妮突然說，「我們得搬出花園飯店了。」

「我知道，寶貝。」

「尼克把那個角色給別人了。」

「那個混蛋。我就知道，他就是那種人。我覺得這也是你媽愛上他的原因之一，她一直不懂什麼叫做對她好。」

「她是不懂。」柯妮看著艾爾說。「她總是有點害怕對她好的人，比如說我爸。艾爾——我們要搬去的那個地方是什麼樣子？」

「還不壞，寶貝。以那個價格來說相當不錯了。一個房間，裡面有幾張沙發，還有個像樣的廚房。當然，跟阿拉花園飯店不能比，但你應該爲自己能離開這裡高興。不要以爲我沒注意，你一直跟著卡伯特。你上教堂告解的時候，走的是海文赫斯特大道，這樣就會經過他的公寓。親愛的，我看到你經過這裡，別以爲我沒看見。你再也不在施瓦布吃早上第二輪的早餐了，因爲你知道他向來兩點才吃早餐。這裡每件事都發生在三個街區的範圍內，每個人都看得見。」

「沒有人會注意這種事。」

「好吧，孩子，但你這樣是挖空心思，讓自己出醜。卡伯特才不想跟一個年輕女孩扯上關係。

如果他眞的跟你出去約會，爲的只會有一件事。這可不好。我承認我也那樣看待過你——那也過去了。但後來我意識到，你只是個孩子。這就是卡伯特意識到的，你應該要高興才是。」

「嗯，我不高興，艾爾。說實話，有時候我很寂寞。現在我們就要搬到比佛利山去了，除了媽媽，我再也見不到任何人了。」

「你很快就會開始上學，你會有同年齡的約會對象和朋友的。」

「不，我不會有的，艾爾，」她鎮靜地說。「你不知道在學校是什麼樣子。我跟同年齡的人沒有任何共通點。我在學校裡只有一個眞正的朋友，就是我室友。我在斯凱斯布魯克這幾年，只產生了一段友誼。我不知道我到底怎麼回事，艾爾，爲什麼我不能適應。我沒辦法告訴自己說我去了一個新學校，就會突然擁有一群朋友，這是沒有用的，看過往紀錄就知道了。」

艾爾搖了搖頭。

「瘋狂的糊塗孩子。幾年後，等你找到一個小伙子，你就不會再寂寞了。那裡潛力無窮，會有小伙子發現的。」

「是啊，幾年後。在這之前的時間，我只能這樣繼續下去。艾爾，我好怕，我不知道你會不會懂，我睡了很久，但是今天早上我起不來。昨天晚上我只想上床睡覺，儘管我並不眞的睏。我花了好大力氣才走到這裡，好像我昨晚只睡了三小時。這種情況從我離開斯凱斯布魯克後就沒發生過，這表示有東西不對勁了。有事情正在我身上發生，但我不明白，我嚇壞了，因爲我沒辦法控制它。」

艾爾不明白柯妮的意思，但當她突然像年幼孩子一樣猛衝過來，把頭埋進他懷裡的時候，他懂了。

「我好怕，艾爾，」她說，聲音含糊不清。「我害怕獨自一個人面對它。」

他抬手輕輕鑽進她頭髮裡揉亂，就像對待一個小孩一樣。

「孩子，你需要的是一對父母。就算只有一個也行。」

「我已經有一個了，艾爾。但是我不會讓她當父母。她想當，但是我不會像告訴你那樣，把困擾我的事情告訴她。跟你在一起的時候，我有一種——嗯，被保護的感覺，因爲你是男人，而我對她只感覺到怨恨，因爲她是媽媽，是女人。這樣說得通嗎？」

「當然說得通，親愛的。但是你在貝利．卡伯特身上不會找到你要的東西，因爲他不夠男人。不要把你的需求寄託在那裡，因爲你只會受傷。」

「但是艾爾，我沒打算——」

「現在聽我說，小寶貝，因爲我太瞭解你了。從你媽第一次來這裡、我幫她管帳的時候，我就認識你了，那才五年前的事。我看著你從一個乾乾瘦瘦、畏畏縮縮的孩子長成一個充滿吸引力的年輕女人——雖然還是很畏縮的樣子。我比你更知道該怎麼做才是對你好，而那就是，跟去年春天一樣對你提出警告——離貝利．卡伯特遠一點，徹底忘了他。當一個女人看上一個男人、成天繞著他轉，卻被拒絕時，她就要出事了。這男人對她來說會變得更重要，其實他根本不配。」

他低頭看著這個小女孩，她的頭還是埋在他懷裡。

「可是我們就要離開這裡了，所以我不會再見到貝利。」

艾爾笑了。

「妮妮，我說過我很瞭解你。你想要的東西會自己去拿。記住我對你說過的話。」他憐愛地用手摸摸她的脖子。「雖然你根本不會理我，你這個瘋孩子。」

9

比佛利山高中看上去就像是專爲彩色電影裡音樂喜劇打造的場景。前方的操場很大，有露天看臺，還有很多呈現精心平衡的無趣建築，包括一座把地板捲收起來、大游泳池就會現身的體育館。十一月的陽光下，柯妮坐在仔細修剪過的草坪上，有一點懷念斯凱斯布魯克，那裡的曲棍球場草坪超過半世紀以來都由一群山羊負責修剪，那群山羊的主人是義大利裔的球場管理員。球隊在場上比賽的時候，山羊就在球場後面的高大草叢裡安靜吃草，電動割草機只是偶爾輔助。她想起自己最喜歡的地方，中庭一個雜草叢生的角落裡的兔子洞，和黃楊樹林裡那張有裂縫的大理石凳。至於這個學校，不可能有什麼特別的私密地點，這裡規劃得太精細，太人爲，也太嶄新了。

剛開始的兩週，柯妮都在學校餐廳吃午飯，但後來她發現，精英們都是自帶午餐，坐在草坪上吃的。她改到草坪上吃飯，周圍都是校內精英、足球運動員和業內知名人士的子女，她非常孤單。她知道幾個人的名字和長相，知道誰的爸爸是哪個電影公司老闆，誰最新的繼母是哪個聲名狼藉的女演員，然而這些人都不認識她。她來這個學校後沒多久，就給自己建立了一個「聰明人」的形象，她在每個學校都是這樣開始的，他們還從她的口音中聽出她念過東岸的私立學校。光是這兩點，就足以把她排除在他們的人際圈之外。

她眞希望趕快上完課，這樣她就可以回家了。家！那個她媽媽整天坐在裡面，等著電話，但永遠也等不到的可怕小房間。但她還是希望早一點下課，她好累，累極了，好想打個盹還是什麼的。自從進比佛利山高中以來，還沒像現在這麼累過。她有一點猶豫，不知道要不要用那個熟悉的名字來稱呼學校。

她不知道接下來的兩個小時要怎麼過。並不是課程對她有什麼難；就算是最好的公立學校，斯凱斯布魯克也領先太多。她只是好討厭上課，她好累。還好下一節課是自習，這樣她就可以睡覺了，那就好。這樣她也許就能在下一堂的法文課保持清醒。法文課很無聊，她二年級就讀過更深的書了，老師也意識到這一點，但這並沒有讓柯妮上課變得愉快一點。她暗自相信，而且覺得這個想法很合理——自己的法文發音比老師好。讓一個美國人來教法語！這種事她聽都沒聽過。

柯妮搭公車回家了。平常她走路，這段路不到一英里，但她知道如果她打算走路，一定會累垮。她經過福斯片場，到了那棟公寓樓，矮矮的、花花綠綠的，露臺上還有幾棵植物，她抬頭看了看自家的門，和其他家的門沒什麼不一樣。她知道她會走進這扇門，放下書，跟媽媽打招呼（很當心地不去問她有沒有接到經紀人的電話），然後躺在床上，直到媽媽做好晚飯。她們晚餐吃雞蛋，或者生菜番茄沙拉，柯妮覺得挺好的，因爲這段時間她一直不怎麼餓。

然後她知道，她今天不會回家了。她不會回家，不會睡覺。不知爲何，她很明白自己睡這麼多覺是很不對的，是某種不道德，就跟暴飲暴食一樣。今天她要對抗它。她口袋裡有一塊錢。她要搭這部公車去好萊塢，也許到施瓦布藥房喝杯咖啡。她知道媽媽不希望她去施瓦布，甚至不希望她踏進那個社區，因爲別人會問她桑德拉怎麼了、現在住在哪裡、在做什麼，不過柯妮總歸能找出些東西跟他們說。她必須見到人，見她認識的那些人，她必須找個人說話，不然她又要倒頭大睡。她把課本放在公寓的一個角落，轉身回到馬路上。

走進施瓦布時她突然有一點害怕。貝利．卡伯特正在這裡。她知道他會在，也知道這就是她來這裡的其中一個原因：她想見他。她想見他已經想了快兩個月，被孤獨消磨殆盡的兩個月。那麼多的夜晚，她躺在床上想著，每晚都想著見他，她還想像了一些零碎的場景，想像他跟她溫暖交談，甚至親吻她的樣子。現在的她，除了媽媽之外，完全沒跟其他人接觸，這對柯妮來說簡直無法忍受，她把跟這個人的短暫碰面化成了一種幻想，用以塡充她寂寞無邊的時光。

「柯妮！柯妮．法瑞爾！」

「嗨，貝利。」她走向他。她別無選擇。

「天哪，我兩個月沒見到你了。來，喝杯咖啡吧。」

貝利是個很難預測的人。他已經兩個月沒見到柯妮，也忘了這個女孩曾經代表的威脅。這段時間發生了許多事，許多新的威脅和困難都已經甩脫開，他覺得沒必要再無視柯妮了。他不喜歡起爭執，也不喜歡傷害人。柯妮不見了，那種會被佔據時間、需要發展一段認眞感情的危機感也消退了，他很高興自己可以放鬆下來。

「好啦，跟我說說你最近都在幹嘛？比佛利山高中怎麼樣？」

「噢，那裡太可怕了，貝利。」他沒問起她媽媽，這原本是個很自然的提問。他很清楚，如果桑德拉從人們的視線中消失了，一定是有原因的，很可能是她破產了，所以他也沒讓這孩子難堪。這些事大家心知肚明，每個人都知道她沒拿到羅素那部片子的角色，每個人都知道花園飯店扣押了她們的衣服。不過，花園飯店的地窖總是塞滿了從客人那裡沒收的東西。

「我也不覺得你會喜歡那裡，」他說。「你比同年齡的孩子成熟得多，外頭的孩子經歷又沒你豐富。寄宿學校就不是這樣了。」

「是啊，你說得對，貝利。天哪，能跟人說話眞好，我好懷念在這裡的日子。」

她一邊跟他聊，一邊想，我要繼續跟他說話。我好一陣子都不要回那個房間去了。我要讓他想跟我在一起。她想起她曾聽一個女演員對她媽媽說的話，這個女演員因爲對男人的吸引力而成了某種象徵：「當我跟男人在一起的時候，我滿腦子只想著性，性，性。」她決定一試。

「跟我說說，貝利，你自己這段時間都在幹嘛呢？我聽說你上了幾次卡夫電視劇場。」

「是啊，我上了兩次，下下星期還有一次。現在我電視方面的工作眞的有起色了，我的戲分不多，但也不算太糟，演的是計程車司機。你看，戲一開場，這個女孩子坐在車裡，跟司機說：『隨便開，載我去哪裡都好，在城裡到處繞。』他載著她穿街過巷——這時候大約半夜三點，他開始跟她聊天，想知道爲什麼……」

他說話的時候，柯妮一直看著他的臉，心裡想著：我希望你吻我，沒錯，我好想好想。你的嘴那麼豐潤，那麼任性，你的身體那麼苗條，你的手又溫柔，又敏感——她想像著，她在關於他的白日夢裡馳騁，只是他現在就在這裡，她看著他，在她身邊的他，出現了她第一次從艾爾身上發現的吸引力，那天讓她掉了叉子的吸引力。

「……但這個女孩相信她哥哥眞的沒殺這個人，所以她去了公寓……」

天哪。貝利邊說邊想，這女孩是個十足十的女人。她是個貨眞價實的可愛小女人，不是孩子。在以聊天爲名的面紗之下，他感覺到不確定，感覺到探索，他發現自己在回應。

突然間，柯妮察覺好像有堵牆被移開了。她無言訴說的那些話他聽見了，而且正在回應她。她拋擲出的情感不再被拒之門外，他正在回應，他們遙遙地碰觸著彼此。

「不過你可能已經聽煩了，」他說。「聽著，我們咖啡都喝完了，要不要去我公寓喝一杯？」

眞的有用，天哪。她就知道，她不需要女演員說那些話也相信會有用；她感覺得到，她可以勾起這個男人的興趣，她要的就只是這個。她永遠不會忘記這一天，她發現這招有用的第一天。

「貝利，我很想喝一杯。你知道，我沒去過你的公寓吧？」

「沒有，」他說。「我想你沒去過。」

公寓裡家具齊備，不知怎地讓她想起艾爾．李昂尼的公寓。艾爾不會喜歡她來這裡的。但是，去他的艾爾。

「馬丁尼可以嗎？」

「我比較喜歡威士忌——」

「天哪，你就喝馬丁尼吧，因爲我只有這個了。」

「好吧。」她笑了出來。

公寓的採光不差，貝利討厭昏暗，公寓門打開就對著三面被水池環繞的陽臺，傍晚的斜陽正好照進來。她媽媽會以爲她在學校待到很晚，她有時會這樣，坐在又大又醜的足球場邊，一直坐到天黑，媽媽也不曾爲此擔心過，因爲她尊重柯妮的心情。畢竟，像她們住的那樣一個家，她不肯回來，也怪不得她。

貝利把酒遞給她，他們互相碰了杯。她意識到他的眼睛一直盯著她的身體。她大膽地回望他。

「我剛認識你的時候，」他說，「我在劇院酒吧給你點了一杯可樂，我問你眼睛是什麼顏色的，那時候看起來幾乎是灰色的。可是現在看上去很綠，很純粹的綠。」

「是綠的。」她說。這一直是爭論的焦點。

「讓我看看。」他說，然後他接過她的杯子，放在沙發邊桌自己的杯子旁。他的手撫上她的下頷，輪廓線是那麼清晰凌厲，他把她的臉轉向他。

「沒錯，」他說，「是綠的。」他擁住她，把她的身體拉向自己。她像珍奈說過的那樣，雙手環住他的脖子。她說得對，他們的身體眞的貼在一起，同步移動了，他的手順著她的背，讓她緊緊貼在他身上。這種情緒太強烈了，從幾個月的孤單匱乏中傾瀉而出，強烈得難以抗拒。

「親愛的，」他說。「親愛的。」

「好的，貝利。」

他解開她的襯衫扣子，粉色布克兄弟牌的襯衫，然後摟著她，解開她的胸罩，襯衫從她肩上滑落。她很清楚接下來要發生什麼，非常清楚，但她想要；她想要，這是她早就計畫好的，早在他有意之前很久就計畫好了，而且在他開口之前，她就默默地問過他了，因爲她太想要了。

他牽起她的手走進臥室，沒拉下百葉窗擋光。她脫掉剩下的衣服，等待著，躺在床上享受自己年輕肉體獨有的奇妙奢侈，她等待著他。

10

他睡在她臂彎裡，像個小男孩，面容年輕而放鬆。她不想睡。那恐怖的、幾乎要拖垮人的疲憊消失了，她的身心都變得清明而寧靜，出奇地有活力，也出奇地放鬆。她撥弄著他長度到脖子的頭髮，非常柔軟，和她想像中一樣，他沒醒。他的身體白皙而堅實，是個年輕男子的身體，但睡得像個孩子般安穩。她非常快樂，沉浸在幸福中。我被人愛著，她想。這就是我的情人——她細細咀嚼這個詞，品嚐它的各種滋味，對它戀戀不捨。這是個老掉牙的詞，一個歷史小說才會用的詞，但這個詞對她來說恰恰好。

她希望他醒過來，這樣他就能再愛她一次。愛。她對此一無所知，但她再也不能沒有它了。她不知道自己居然對愛爲何物懂得這麼多，這是第一次。第一次。她再也不可能回到以前了；她再也不能用以前的眼光看待生活了，那樣舉目所及昏暗晦澀的生活。

他動了一下，在照進窗戶的深沉暮色下醒來。他吻了她的肩，依然睡意朦朧；他可能搞不清楚這是誰，但她不在乎。然後他睜開眼睛，在溫柔的沉默中凝視了她幾分鐘。

他撫摸她的身體，順著肋骨摸到臀部，動作明確但很輕柔，她的身體很放鬆。當他第一次觸摸她的身體時，指尖經過的地方簡直都活了過來。

「妮妮，」他說，臉上露出不安的神情。「妮妮，我是眞的不知道。要是我知道——嗯，我就不會這麼做了。我不是個很有道德觀念的人，但是我從來沒做過這種事。」

「我就是想讓你跟我做。之前你問我的時候我就告訴過你了，我從來沒做過。」

「我不相信你。你看起來好像懂很多，而且在施瓦布藥房——我從沒見過像你這樣的女孩子，」他說。「說眞的，不是胡說。你好冷靜，又好熱情，而且——嗯，簡直可以說是詩意。用這個詞很奇怪，但是很適合你。」

「貝利，幫我個忙。永遠不要，不要說你愛我。因爲那不會是眞的，而且我也不想讓你覺得你必須這麼說。」

「不會的，」他笑著說。「不會，我永遠不會這麼說。我不愛你，你也不愛我，這當中沒有一絲虛假。」他歪頭依偎著她，夜色越來越濃了。

「可是我不想讓你走，親愛的。我不希望你離開我。」

「不到最後一刻我不會走，貝利。我會留在這裡陪你。」

她把他摟進懷裡。

「你看起來比你眞正的年紀大得多，」他說。「不想佔有，不跟我要求任何東西。然而你還這麼年輕，你的身體還年輕，肌膚還年輕、細嫩，你的信任也是，還是一個年輕小女孩的信任。」

「因爲還沒有男人背叛過這份信任。」她從他臉上看出了疑問。「不，你也沒背叛過。我當然信任你。我完完全全地信任你。無論如何我都必須這麼做，」她笑著說。「因爲我什麼都不知道。因爲你眞的是第一個，第一個跟我接吻，也是第一個跟我做愛的人。」

他對她微笑，「沒錯，」他說，「你的吻就像個小女孩說晚安的吻。我得教你接吻才行。」他突然想起來。「妮妮，你媽媽不會擔心嗎？不會奇怪你爲什麼不在家嗎？」

「會。對，我想我該回去了。現在一定快七點了。」

「我不想讓你走，」他又說了一次，他是認眞的。「但是我也不希望你惹上麻煩。明天我們一起吃飯？」

「嘿，貝利，我還以爲你是不請人吃飯出名的呢。」

「你又變成另一個人了。我送你回家好嗎？」

「不要，」她急忙說。她不想讓他看見自己住的地方。「不，你還是別送了。」

「那我明天去接你。」

「不要——」

他懂了。「我去學校接你，我們一起游泳，然後吃晚飯。我不想讓你一個人閒逛到這裡，就像——嗯，我只是不想讓你這樣。我會去接你，帶你去吃晚飯。」

「好，」她說。「這樣可以。」

她站起來，開始撿衣服。他也站起來，從她手裡接過她的衣服拿著。這是他以前從來沒做過的事，但這是她的第一次，他不想讓她自己做任何一件事。在以後她會有的戀情中，還會有很多次、很多年，她要自己做每一件事。他不想讓她現在就知道自食其力這件事。他不想讓她回憶起第一次時，感覺只是一段無趣的，跟別人沒兩樣的性關係。他想把她當成一個非常特別的人對待，而她也確實是。

她走了之後，公寓裡靜悄悄、空蕩蕩的。他把已經不冰的馬丁尼倒掉，在沙發下發現一本平裝西部小說，他厭惡地撿起來，扔進垃圾桶。喬治。他生命中對於那檔事的醜惡回憶讓他厭惡自己，讓他覺得自己根本算不上是……男人。他是個演員，一個天才演員，這他清楚得很。但他的才華並不能粉飾他並非男人的事實。他的才華不足以證明他的存在。他給自己調了一杯新的馬丁尼，坐在客廳裡。他開了一盞燈，因爲屋裡已經很暗了。

上帝爲證，他跟柯妮做的時候是個男人。這是她的第一次，而這個可愛又有才華的年輕女子選擇了他。他跟其他人在一起的時候並不是男人，他是個小白臉。是個應召男。但今天，今天下午，他成了個男人。他不曉得她知不知道。她一定知道，她知道得太多了。他不曉得今天下午他怎麼能跨過自己這道坎，不知道自己哪來的勇氣冒著失敗的危險跟她做愛。她知道得太少了。他不知道自己的表現好不好。不過，他可以教她，他可以教她很多，因爲她什麼都不懂。所以她選擇了他。爲什麼他要調這杯酒。這杯酒，這杯烈酒，這本西部口袋書。這個可愛的年輕女孩。

「你今天下午回家很晚啊，柯妮。」她進門時，媽媽對她說。

「是啊。」她說。

「幹嘛去了？散步？」

「是，」她說。「我去散步了。」

「你天黑了還不回家，我很擔心你。」

「天才剛黑，」她說。「是剛剛才黑的，剛剛。」

「傍晚天氣很好，你去散步我不怪你。」

「天氣是很好。」她說。

「散完步餓了嗎？」

「不餓。」她說。

「我覺得你應該吃點東西。」

「我有點累，」她說。「散步讓我放鬆，也讓我想睡覺。」

「我想也是。好吧，我也沒辦法逼你吃晚飯。散步似乎對你有好處，你應該多散步。你看起來不像平常放學以後那樣疲勞又緊繃了。」

「是的，」她說，「我想我以後會多散步。媽咪，我明天晚上可不可以換換口味，去藥房吃晚飯？」

「我不懂爲什麼你要去藥房吃飯。」

「嗯，」她說，「一個人散步很棒啊。傍晚街上很美，我晚上吃完飯想去看電影——如果你不介意的話。」

「我不喜歡你浪費那麼多時間獨處。對你沒好處。」

「嗯，其實，媽咪，是我拉丁文課堂上的一個男生問我想不想跟他一起吃晚飯，然後去看電影。」

「你爲什麼不告訴我？我覺得太棒了。我好高興看到你開始約會了。」

「嗯，我不知道，我——」

「傻孩子，你以爲我會覺得你應該跟我待在這裡嗎？」

「我是這麼以爲。」她有一點茫然。

「不，我很高興看見你終於有點社交生活了。我在這裡沒問題的，你知道，」她微笑道。「在你出生之前，我還不是一個人過了那麼多年。」

「媽咪，謝謝你。」

「半夜以前回家就行，因爲你隔天還要上學呢。」

當柯妮脫下衣服，在她旁邊的床上躺下時，桑德拉暗自笑了。多麼體貼的孩子啊。她把整個世界都扛在自己肩上。她不敢告訴我她有約會，因爲她覺得她應該陪著我。多棒的女兒啊。

II

第二天，她去了貝利的公寓，他們在他的游泳池裡游泳，躺著曬太陽，她一直在注意他，一想到自己那麼瞭解那件泳衣底下的身體，她就感到喜悅和溫暖。他們去了洛杉磯市中心一家牛排館吃晚餐，一個很棒的地方，他們沒在好萊塢吃飯，因爲不想讓認識的人看見他們在一起。然後他們回公寓小酌，在柔和的暮色裡做愛，外頭的雨依然靜靜地、沒完沒了地下著。

初冬伴著他們全新的愛情過去了。柯妮在學校交了一個朋友，她常常在這個朋友家過夜，她媽媽也理解她爲什麼從不帶朋友回家，因爲她對自己家附近的環境感到尷尬。

柯妮不知道聖誕假期的時候自己要做什麼，也不知道該找什麼理由好跟貝利共度那幾天。莫名地，假期開始後一週，柯妮有好幾天時間都坐在屋裡看書。她媽媽的努力終於有了回報，暫時頂替了一個休兩週假的女演員，在一部肥皀劇裡扮演一個小角色。對她來說，這是個落差巨大的降級，對她已經削弱的自尊更是個沉重打擊，但這可以讓她還艾爾一點錢。而對柯妮來說更重要的是，這會讓媽媽白天不在家，她就可以見到貝利了。

桑德拉很困惑柯妮怎麼了。這個女孩變得好遙遠，那是一種以前從未有過的距離感。她的內心世界好像正以異常的速度茁壯起來，就算是簡單對話，要跟她開口也很困難。這似乎是她第一次對媽媽的前途興趣缺缺，對於她接下了電臺工作，她幾乎沒有任何表示，也不大想慶祝。她把柯妮的疏遠當成某種跡象，這表示從斯凱斯布魯克開始顯現的情緒問題，由於柯妮對她們相對貧窮的不適應，已經變得更嚴重了。她很擔心。雖然柯妮這些日子看起來很快樂，一種發自內心的快樂，但這並沒有讓她媽媽放心。

柯妮從貝利那裡學到了不少。他是個親切的好老師。如今她知道的一切，甚至只是摟著他這樣簡單的動作，都是從他那裡學來的，她也不再像小孩晚安親親那樣親吻他了。她已經過一位年長男士，一個演員的指導，就像她跟珍奈說過的一樣，「我想變得有魅力。」她在預科學校的房間裡說，「我想變得有魅力，用有魅力的方式活著，用美好的方式去愛人。」

現在她在放假，他沒辦法去學校接她，所以她養成了搭公車去他公寓的習慣。他的公寓對她來說就跟自己家一樣熟悉，她經常幫他打掃房間，為他做飯。她喜歡這樣，彷彿讓她身為女人的角色更加豐富充實。他為此高興，有個女人照顧他的時候，他總是很高興的。

她通常會在中午左右過來，貝利匆匆走在海文赫斯特大道上，因為再十五分鐘就要十二點了。他高高豎起燈芯絨外套的領子圍住脖頸，空氣裡有股冷冽的氣息。今天是一月四日，這兩個月過得真快啊，他把人行道上的枯葉踢進水溝。這兩個月，他的生活眞是大不相同。奇怪的是，他開始接受柯妮出現在他的公寓，出現在他生活裡。當然，他們並沒有愛上彼此，可是他們之間互有喜歡和自在的感覺，但凡一段關係裡有了愛情就不可能維持下去。他們之間只有陪伴，和做愛。天哪，以一個什麼都不懂的孩子來說，她眞是太棒了。這生活眞美好。

游泳池裡漂著幾片枯葉。他爬上樓梯回到自己的公寓，開了門鎖。客廳很暗，這幾天天色黑得早。

「嗨呀，貝利。」

「喬治！老天，你在這兒幹嘛？」

他從臥室出來，一條李維斯牛仔褲低低掛在胯上，讓他的身體毫無想像空間，上半身則是一件T恤。他的皮夾克丟在沙發上，旁邊有一罐啤酒。

「我放在沙發旁那本西部小說找不到了，」他邊說邊拿著啤酒罐坐下。「公寓看起來很乾淨啊，」他說。「我想她一直在打掃吧。」

「嘿，聽著，喬治——」

「你一直在家裡吃飯，」他繼續說。「都不到施瓦布去吃了。她很會做飯嗎，那個騷貨？」

「你夠了。」

「你連通電話都不打，」他終於生氣了。「快三個月了，你一通電話也沒打給我。我每天都在確認我的電話答錄機。沒有卡伯特先生的電話。沒有電話，因爲卡伯特先生正跟一個小女孩在一起！一個還在流鼻涕的小鬼。他以我爲恥，卡伯特先生覺得跟我在一起很丟臉。他正努力忘記他認識我、或者他曾經那麼瞭解我這件事！」

「我在工作啊，」貝利結結巴巴地說。「我忙得要命。」

「忙著做愛嘛，你這個小婊子。所以再也沒時間理我了。那幾個月你一文不名窮得跟鬼似的，是我養著你。還有那次你跑去狂歡，我發現你在市中心一家酒吧裡燒到三十九度半，我把你帶回家、照顧你、給你請醫生、幫你送飯，這一切你全忘了，也忘記了那些因爲我在這兒你才睡得著，你才不害怕的夜晚。我現在對你一點意義都沒有了！」

「喬治，你錯了。她對我來說什麼都不是。她只是個——公共廁所而已。」老天，他的勇氣、他的男子氣概、他的忠誠，都上哪兒去了？

「那你爲什麼不給我打電話？我一個人坐在家裡，沒電話，什麼都沒有。我身無分文，靠義大利麵過活，而你連一通電話也沒打給我。」

「喬治，」他的表情鄭重而溫柔。「喬治，聽好。我不是故意要傷害你的，如果是，我被天打雷劈。」

「你知道，你一直不打電話，大家都知道你交了個小賤貨，然後我就成了笑柄——」

「大家都知道！」

「嗯，好啦，他們不知道，但是大家都知道你一定有人了，因爲到處都不見你人影。」

「喬治。聽著，喬治。」老天，她隨時可能會來，她會走進來，發現喬治在這裡。等著她的，將是件多麼可怕的事啊，這個可愛的女孩，他不想讓她看見這醜惡的一幕。

「喬治，我今晚打電話給你，你再過來喝一杯，一切都會沒事的。我是個混蛋，好吧，但是我會跟你解釋，我眞的——相信我，我不是存心要傷害你的。」

「你想把我甩了。」

「不，不是這樣，不是的——看在老天分上，我再打電話給你，但是現在我不能跟你多講！」

「她要來了。她要來這裡了，而你覺得我丟臉。你一直都覺得我丟臉。」

「滾出這裡。」他低低地說。那是他出了名的，平靜卻憤怒，克制而危險的聲音。「我說，滾出這間公寓。我不管你有沒有鑰匙，這是我的公寓，給我滾出去。」

喬治憤怒地站起來，他壯實的身體綳得緊緊的。貝利很害怕。

「喬治，我不是那個意思，我不是那個意思，喬治。」也許他可以打電話給她——不行，她已經在路上了。也許他可以在她進門前攔住她，只要跟喬治說他要去散個步。不，這太荒唐了。他什麼也做不了。

喬治看著眼前那個男人臉上的恐懼，露出了微笑。

「我會走的，貝利。」

感謝老天。貝利想。

「我會走，」喬治繼續道，「我不會再打電話給你，也不會再到這裡來。我不會在她面前讓你難堪，她對你來說太他媽特別了。但你會向上帝痛悔你今天做的一切。你會後悔的。」

柯妮在去貝利公寓的路上跟喬治擦身而過。他穿著皮夾克，滿身大汗，假裝沒看見她。經過他之後，她跑了起來，經過漂著枯葉的游泳池，爬上粉彩色的樓梯，踏進貝利的公寓。

他用水杯裝了滿滿一杯琴酒，坐在那裡喝得很猛。

「貝利，親愛的。」

她之前從來沒喊過他「親愛的」，雖然只是個簡簡單單的詞。她從來沒用過親暱的稱呼，現在卻脫口而出。她走向他，手按在杯子上，想把酒從他手裡拿過來，這樣才能把他抱進懷裡。

「別管我。看在老天的分上，別管我。」

他用力抓住她手腕，把她弄痛了，然後他甩開她的手。

「貝利，別這樣喝。你這樣會喝多的，眞的。我以爲你已經不酗酒了。別這樣喝，我跟你一起喝一杯，然後我們可以做愛——」

「我說了別管我。」

她起身去了廚房，拿起琴酒瓶子，把裡頭的酒倒掉。他走進來，從她手裡奪過瓶子，在狂怒和混亂中打了她三巴掌。在那個當下，爲了酒，他是可以跟她拚命的。

她奔進臥室關上門，躺在床上，控制不住地大哭起來。過了一會兒，她稍微平靜了一點，等到完全不哭了，她就要離開，她會跑走，穿過他坐著的客廳，這樣他就不會跟她說上話，她會讓他一個人待著，因爲這裡沒有她容身之處。要是她能停住不哭就好了。這屋子好黑，好醜陋。她把臉埋在他的枕頭裡。他的枕頭，在他的房間，他的床上，在他們做愛的地方，而現在這房間變得這麼醜陋，她想離開。要是她能停下來不哭就好了。

一隻手搭上她的肩，一隻有力而溫柔的手。

「妮妮。」

「我不想做，貝利。」

他把她翻到正面，幾乎是氣憤地，雙手壓在她肩上。

「太醜陋了，貝利。」

他抽回手，在床邊坐下。

「我也不想讓你看見的。」他輕聲說。

「不只是他，貝利。這件事我在認識你之前就知道了，就是那個我，那個上了公車，下車後邊走邊看走到這裡來，再編故事給我媽聽的我。」

「如果喬治沒來這裡，一切都會好好的。不過我已經打發走他了。現在一切都會跟以前一樣。」

她坐起來，從他襯衫口袋裡拿出一根菸點上。現在她已經不哭了。

「一切都是灰色的。灰濛濛的。你懂我的意思嗎？泳池裡漂著枯葉，臥房裡飄著煙。但我猜這對你來說一點意義都沒有。」

「有的，親愛的，這對我來說有意義。但生活並不是輪廓清晰、色彩鮮明的。醜陋無所不在，我們只是假裝沒看見而已。」

「不是非得這樣的。我不會將就這樣的生活。我不要活在醜陋和藉口裡，不要只因爲我們喜歡就做愛，不要因爲害怕懷孕就小心翼翼，我不想歪曲每一件事。」

「我們沒有歪曲什麼。我們之間不是這樣。」

「噢，貝利，別說了。」

「你想怎麼樣，親愛的？你想叫停嗎？」

「不。不，我不想。但是我不想這樣過日子。是的，我確實想叫停，因爲這段關係不再年輕了。它已經步入中年，灰暗了，迷茫了。但我還是想來這裡。也許我可以只是過來，我們可以聊聊天，然後——」

她看著他，那個坐在床邊的他，她知道他們之間永遠不可能是這樣。他沒有看她，而是盯著窗外冬天光禿禿的樹枝，房裡一片昏黑，一片死寂。

「我需要你，」他說。「幫幫我。」

「幫你，好讓你不再愛上年輕男人。爲了這個目的奉獻我自己。我的價值可比這高太多了。」

她不知道自己爲什麼會這麼憤怒地對他說這些話，爲什麼想傷害他。他沉默地坐著，然後轉向她，他臉上的表情，就是剛才甩她耳光時的表情。他斜斜壓住她的身體，緊緊抓住她的手腕，弄得她好痛。

「你這個婊子，」他說。「你這個下賤的妓女。」

12

那天天氣很冷，柯妮穿著她的斯凱斯布魯克大衣。她很高興今天學校停課，也許當她走到外面，離開不透氣的教室後，她就不會這麼睏了。她犯睏的情況越來越嚴重，讓她感到害怕。她要走到公車站，然後往南去貝利的公寓。並不是因爲想去，現在這成了一個習慣，一個空洞的習慣。他們再也沒找回他們剛開始擁有的東西，那些新發現。這段關係再也不美好，這不是愛，愛總是好的。但她還是會去那裡，然後他們會假裝向彼此傾訴。就在這些思緒縈繞著她，伴她走下臺階，離開同學的時候，她看見了艾爾。

他站在臺階底下自己的車旁邊。他很明顯一直在等她，因爲她一走下來，他就打開了車門。

「艾爾！眞高興見到你！」

「上車吧。」

「嗯——」

他關上門，從另一邊上了車，發動引擎；車子並未轉進日落大道，而是直奔市中心。

「我要帶你去吃飯。我想你好一陣子沒吃過好吃的了。」

「嗯，你眞是太好了，艾爾，不過可惜我還有約。」

「不行，你今晚不能去。」

「怎麼回事？」

「我有很多話要跟你說。」

「跟我說？怎麼了？」

「聽好，等我們都喝了酒，坐下再談。不是現在。」

好吧，管他呢，柯妮想。也許就讓貝利坐在那裡苦等落空也好，換換口味。艾爾肯定有心事，他說的也沒錯，她已經幾個星期沒吃過一頓好的了。

那家餐廳又大又壯觀，用一大堆沉重的木料建造，烤牛肉進爐前還會先切幾塊送上來給他們確認一下。總之，這不算太糟。她很確定自己會被教訓一頓，但在這之前，她會先吃到一頓豐盛的大餐。

「好了，艾爾。我們都喝了酒，壯了膽。你要教訓我什麼？」

「不是要教訓你。我只是想把事情弄清楚，說不定也能順便讓你自己想清楚。」

「關於哪方面的？我在學校也許不算用功，但平均還有B。我沒跟媽媽吵架，零用錢也沒超支——」

「是貝利・卡伯特的事。」

「關貝利・卡伯特什麼事。」她又喝了一口乾馬丁尼。

「你知道那個叫喬治什麼的吧，就是那個跟卡伯特有一腿的傢伙。」

「我見過他一次，怎麼了？」

「昨天晚上我在古奇咖啡廳吃飯，他坐在我旁邊。嘿，我從不跟這傢伙說話，因爲他就是那種我只要能避開就絕不會跟他打交道的人，而我通常都躲得掉。」

「嗯。」她一臉厭煩地聽著，因爲她很擔心。

「然後他開始跟我搭話，我沒拒絕，因爲我知道，在這個鎮上對誰不禮貌都不值得。你永遠不知道哪些人什麼時候派得上用場。」

「沒錯，直接說重點。」

「然後他開始聊起你媽，說怎麼就沒再見過她，他猜她大概是破產了。我想這傢伙知道我幫她管帳，他就是想從我嘴裡套點八卦，所以我只說：『是的，她已經不住花園飯店了，她現在住在比佛利山，因爲她的孩子在那裡上學。』我不想讓他稱心如意，因爲我不喜歡這個傢伙。」

「然後呢？」

「然後他就開始說她有多棒，我立刻意識到出現了有意思的事，因爲他對她根本不怎麼熟，我一直覺得他不喜歡她。卡伯特喜歡的女人他都不喜歡。但我還是說：『沒錯，她是個很棒的人。』看看他接下來要說什麼。」

「你這故事鋪陳得也太長了。」

「然後他就說：『眞可惜她的孩子也變成了她那樣。』我就大概猜到他要說什麼了，因爲他知道我跟你媽很熟，而且對你們母女也有個人的關心成分在，所以我問他這話是什麼意思，他就隨口說了一句：『我是說，那個孩子一直跟某個演員住在一起。』我立刻要他閉嘴。我說：『我敢肯定，這完全是糟糕的謠言。』他喝完咖啡，看我不是個八卦的好對象，聳了聳肩，很快就離開了。」

「嗯，艾爾，你也知道這些男同志都是什麼德行。他不喜歡媽咪，而且從去年夏天那晚，我跟卡伯特在劇院酒吧喝酒被他看見之後，也一直不喜歡我。這些基佬真的很賤。」

「聽著，孩子，我可不傻。我不是桑德拉．法瑞爾。我知道他說的這個演員是卡伯特，但是他嫉妒到沒辦法承認你跟他有關係。還記得嗎？我幾個月前就預測到了。喬治希望我跑去告訴你媽，但我不是那種人。現在，我要你直接講明白。」

柯妮把酒喝完。

「艾爾，我還要一杯。」

「以一個孩子來說你喝太多了。一杯就夠了。」

「你想限制我喝酒嗎？」

「什麼事情都需要有人限制一下。」

「我說，我還要一杯。」

「好吧。」他嘆了口氣，朝侍者示意。

「再來一杯。」

「好的，先生。」

一陣沉默。艾爾看著柯妮，他已經認識她五年，快六年了。她毫無疑問已經長成一個女人，她看起來就像個女人，即使她才十六歲，侍者對她自稱二十一歲卻毫不質疑。嗯，她有那樣的體態，那樣的神情，沒有一絲孩子的僵硬和猶疑。

「沒錯，艾爾，你說的對，我跟貝利．卡伯特是有曖昧。但我並沒有跟他住在一起，」她急忙補上一句，「我只是跟他有了一段而已。」

「親愛的，我記得我跟你說過，不要把你的需求寄託在卡伯特這種人身上。」

「是的，艾爾，你說過。就在我們搬出花園飯店那天。但是你錯了，我確實把我的需求寄託在他身上，而他也滿足了我的需求。」

「那個混帳。居然對你這樣的一個孩子下手。」

「不，艾爾，我就知道你會這麼說。人們總以爲女孩的第一個愛人佔了大便宜。但這是我想要的，沒人佔我便宜。你幾乎可以說是我促使這件事發生的。我不知道男人勾引無知少女這種流言到底從何而來，事情根本不是那樣。」

「聽著，小寶貝。我可以看得比你更清楚一點。我見過同樣的事，我見過同一個年輕女人。但是我吻你的時候，我知道你還是個孩子，一個有道德觀、天眞無邪的孩子，一個小小的木頭娃娃。我太在乎你，身爲一個人，我沒有辦法改變這一點。這個傢伙也看見了一樣的事，少說什麼你看起來像個有致命吸引力的女人這種鬼話來騙自己。你看上去就是個孩子，但是性感得要命。所以他，這個基佬就跟你做了，因爲如果他表現得很差勁，你也不會知道有什麼差別。」

「艾爾，別這麼說。他完全不是那樣的。你是個男人，男人會因爲他是同性戀而討厭他，但是他並不眞的是——以前我以爲我知道同性戀是怎麼回事，但現在我卻什麼都不明白了。我不知道我怎麼會——我是說，我需要他。不是隨便一個人，我就是需要他。他是個男人，你懂的，他是我的情人。他是個同性戀，但我發現這並不表示什麼，只是說明他更敏感，而且他——嗯，他需要我。這對我來說很重要。他需要我。」

侍者端上了酒。

「聽著，我實在沒興趣聽你說這傢伙有多好。你顯然出於某種原因愛上他了。如果你知道這是怎麼回事的話。」

「艾爾，我已經不是個孩子了。」

「沒錯，你就是。就算你做過愛了，你也還是個孩子。那不代表什麼，你知道。好吧，它還是有點意義，但它跟成熟八竿子打不著關係，甚至連世故都算不上。其他跟你同齡的女孩也都跟男孩親熱，你只是碰巧找了個男人上床而已。」

「這之後有很大的不同。我和媽媽在一起的大部分時間裡，我都能清楚意識到我不是她的女兒，而是另一個女人。」

「不。不，現在這對你的影響還沒有出現，但是如果你繼續這樣下去，就會有影響了。你知道，這件事對你一點好處都沒有，你不是可以淡然面對這種事情的孩子。你連做爛事都太理想主義。」

「這不是什麼爛事，艾爾。」

他看著那個女孩，把曼哈頓雞尾酒舉到唇邊。

「嗯，好吧。它是。你太瞭解我了。但我試過要停下來，艾爾，我眞的試過。」

他啜了一口酒。

「我不喜歡這樣。這只會增加我的孤獨感，但我當初就是因爲孤獨才開始這一切的。然後我還要擔心懷孕，擔心約會，擔心一切骯髒、下流、寂寞的事。我不會跟貝利說這些，我覺得我說不出口。我覺得這些擔憂和罪惡感都是我的問題，我沒有權利把這些事強加給他。」

「你很有膽識，妮妮，你一直都是這樣。爲什麼不振作起來呢？」

「振作起來，振作起來！這句話簡直糟透了，一點意義都沒有。」

「我的意思是，別再傷害自己了。因爲你就在做這種事，這你很清楚。大家總有一天會發現的，就算他們不發現，你也知道自己有些東西必須遮遮掩掩，有部分的自己是不能讓人曉得的。循規蹈矩反而輕鬆。」

侍者端上他們的晚餐，柯妮狼吞虎嚥，像是幾天沒吃飯了。

艾爾微笑著。「餓了吧，孩子？……是啊，我想也是。你不太習慣破產的生活。」柯妮繼續吃她的東西。「你知道，你媽離開這裡之後，就很難再從這裡得到什麼東西了。要是有人在這裡走了下坡路，唯一能做的就是離開這個小鎮，在別的地方重新打造自己，然後讓他們打電話找你。現在是三月，你媽只有一份糟糕的工作。她其實應該回紐約，在那裡嘗試一些電視工作，那裡的人認識她，又不像這裡的人那麼怕她。這裡的人對走下坡的人很警惕的，這裡不是可以東山再起的地方，大家對自己太沒自信了。」

柯妮很高興話題從自己身上移開了。

「嗯，這倒是好萊塢一個有趣的現象，」柯妮說。「只要你在這裡待過一陣子，就很難再到別的地方去，而且待得越久，就越難。想離開需要很大的動力。」

「改變生活方式總是很難，但有時候就是必須這麼做——你也一樣。」

「艾爾，能不能別再對我說教了？我這一晚上已經受夠了。你說教說得我想吐，好像我是個多墮落的女人似的。」

「妮妮，別那麼憤憤不平。」

柯妮沒應聲。

「拿出點勇氣，抽身吧。」

那時，她好氣自己，因爲她開始哭了。並不是眞的哭出來，只是默默地，在心裡哭著。

「我很抱歉，孩子，你媽總說我不考慮別人的感受。我想她是對的，可是我就是不希望看見你浪費自己的生命。我眞的很喜歡你，妮妮，我不想看你讓自己不開心，讓自己內疚。沒必要那樣。如果你已經是個中年人，情況就不一樣，但你還有長長的人生，所以不要現在就把生活搞砸了。」

「艾爾，拜託別說了，別說了。讓我自己處理，好嗎？是我的問題。我知道這樣不好，已經好幾個月了。但我就是沒辦法再回到孤單的日子。」

「但是喜歡自己不是更好嗎？比起一個只跟你上床的男人，這件事難道沒有那傢伙的陪伴重要？」

她飛快地吃完了飯，因爲，光憑食物，還不值得她忍受這一切。她討厭失去艾爾的尊重，她討厭他給予的批評，也討厭他覺得自己必須幫助她。她想走，雖然也不知道能去哪裡。她不想去貝利的公寓了，至少今晚不想。也許回家是最好的選擇。

她回家時，媽媽已經睡了。她進了浴室，往臉上潑了些冷水，因爲她在車裡的時候一直哭，靠在艾爾身上哭。她只在艾爾和貝利兩個男人面前哭過。

就在她擦乾臉，準備放回毛巾時，她看見了那包刀片。她感覺自己好像回到了斯凱斯布魯克，站在自己房間窗口，望著底下的地面。她很害怕。她沒辦法相信自己的腦子，她再也不能相信自己的腦子了。她回頭望了一下門。門是關著的，她進家門之後媽媽完全沒醒。她在燈光下伸出手，把左手放到洗臉臺上。

她從包裝裡拿出一片刀片，拿在手上。她很害怕，奇怪的是，又感到很難爲情。她覺得這太蠢了，她還沒笨到去傷害自己。然而不，她會允許自己奢侈地自我懲罰。她會讓步。

她拿著刀片，在某根手指的第一個關節上劃一刀。不管什麼時候，只要這樣一動，就能造成疼痛，這會提醒她犯過的錯，她的淫蕩，和她的罪孽。手指頭好痛，好敏感，所以她很快把左手其他指頭也割過一遍，這樣那根指頭的疼痛就會迅速消失。血流出來了許多，她看見水槽裡的血，感到一陣愉悅。這象徵多美啊，這應該就是基督為那些沒有勇氣的人贖罪流下的血。做好人需要很大的勇氣，犯罪需要的勇氣更大。她兩種都沒有。艾爾說得對，她受不了罪惡。和自己的罪孽生活在一起，或者和犯罪的自己共存，對她來說都太過分了，所以她必須懲罰自己。她甚至沒有足夠的勇氣毀滅自己。

她拿了一些衛生紙纏住手止血。血流得太多了，她將手緊握成拳，想辦法止血。天哪，眞痛。她好想讓別人看看她對自己做的事，一股瘋狂的衝動讓她想去搖醒媽媽，讓她看看自己。但她不會屈服在這種瘋狂之下，至少她還會維持住這一丁點尊嚴。她輕手輕腳躺上床，這樣就不會吵醒媽媽。洗手臺她已經清理乾淨，不會有人知道的。

早上她直到日上三竿才醒來，第一件想到的就是自己的手。她看著它，血在夜裡已經止住了，這樣很好，她為自己的軟弱和幼稚感到丟臉。媽媽出去吃午飯了。她爬起來，拿下衛生紙，用一張面紙的邊邊小心清潔手指。傷口很乾淨，而且因為在關節處，所以看不出來。這些傷很快就會好，而在那之前，它們會一直痛著，一直提醒她。

13

加州初春的某個傍晚，柯妮和爸爸一起走出療養院。她很高興自己即將重返人群，也很高興精神科醫師說她可以離開了。兩個月前，她最渴望的是脫離生活、讓人照顧、不被要求做任何決定，但現在她非常渴望重新做人，只是還有一點害怕。她看著坐在旁邊的爸爸，她很高興他特地來加州接她出院。自從她進了療養院之後，她爸媽似乎很想跟她待在一起，很想為她做一點什麼，她喜歡這樣。

羅比帶她去了洛杉磯市中心的一家餐廳，一家非常好的餐廳，他出差時總是來這裡。柯妮從來沒去過，因為那裡不是好萊塢人常去的地方。這家餐廳非常紐約，她喜歡。爸爸一定知道她想遠離好萊塢，以及一切和好萊塢有關的事物。但是，看著計程車外的景色，柯妮心想他不可能真的那麼瞭解她，不用說也知道，也許他只是覺得待在媽媽的好萊塢世界裡不太自在。

「希望你喜歡這裡，」他們下車時，他說。「這是屬於你的夜晚。」他微笑。

他們在計程車上沒說幾句話，入座以後，兩人之間有種不自在的沉默。他們心裡最重要的事已經留在療養院那扇門裡面，成了禁忌的話題。究竟是什麼原因讓她要求暫時住院，只有柯妮自己知道。雖然羅比曾經希望跟她談談，覺得也許能幫助她，但他也知道自己不能侵犯她的隱私。也許他不知道也好，他們很少分享心事——這麼多年來，也許只有寥寥幾個下午和晚上的短暫時間吧；羅比發現，自己絞盡腦汁想跟女兒對話。

「想先來點什麼？」他問。

「我想先來杯酒，謝謝。」

是啊，她現在已經會喝酒了。他早該想起來的。

「一杯馬丁尼，」她說。「最純的那種，檸檬皮什麼的都不放。」

他點了兩杯馬丁尼，思索著，她是在哪兒學會喝馬丁尼的？和她媽媽一起，那是當然。

「跟你在一起眞好，柯妮，」他說。「我們好久沒一起吃飯了。」

「是啊，」她說。「我想是在你送我來加州的時候吧，大概有一年了，我想。」

「這一年你長大很多。」

「是啊，」她說。「確實是。」

侍者端上馬丁尼。

「要是現在我帶你出去吃飯，」羅比說，「人家一定會覺得奇怪，我怎麼會跟這麼年輕可愛的女孩子一起出去。」

「這我就不知道了。你很有魅力。」

「謝謝，」他說。「你的馬丁尼怎麼樣？夠不夠純？」

「很純，謝謝。」她用手指撫摸著杯身，說：「你知道，喝酒似乎有安撫效果，很有意思。我想是因爲它的關連性吧，它一直是家裡固定要有的東西。」

「嗯，這我不知道。應該是你媽固定要有的東西吧，不過，以知道用酒來達到安撫效果這件事來說，你的年紀有點太小。」

「說眞的，爸。我們別再搞這種新英格蘭清教徒的道德規範了。」

「不，柯妮。以你的年紀，喝酒還太小。」

「我知道，」她咧嘴一笑。「你有沒有想過，等我到了可以喝酒的年紀，我都已經非法喝酒七年了？」

「我寧願沒機會這麼想。」他冷淡地說。

柯妮挑釁地啜了一口酒。

「你果然是你媽的女兒。」

「是啊，」她身子往前靠，說：「我是媽咪的女兒，我很頹廢，十六歲就酗酒、放蕩……」

「好了，柯妮。」

「你還有什麼別的要補充？」

「柯妮，我不是這個意思……」

柯妮靠回椅背，取出一根菸，他幫她點上。

「你爲什麼要這麼擔心我？我記得我小時候，每次你們帶我去吃飯，都堅持去二一俱樂部[1]或廣場飯店這樣的好地方，你總是烏鴉嘴地說我繼承了媽媽的奢侈。這並不是什麼壞事，你知道。要堅持好東西，才能喝得有品味。你很清楚，你不希望自己的女兒把瓏驤[2]當成頂級高雅品牌，或者把偷喝啤酒和在廁所抽菸當成了不起的冒險。」

「我們不要在這個問題上窮追猛打了。」

「我倒是無所謂。是你先開始的。」

他們陷入沉默。羅比喝了一小口酒，端詳起自己的女兒。他討厭她的世故，討厭她再也不是當初那個小女孩。她與他爭執的當下簡直跟她媽一個樣，甚至連用字遣詞、說話神態都是如出一轍，彷彿她們除了粗野的老套路之外別無選擇。她媽媽總是擺出那種頭髮花白的老媽子形象，肥胖的腿上還放著沒織完的毛衣那種。柯妮居然也變得跟桑德拉一樣了，而且來得這麼快，這讓他很生氣。他氣自己被剝奪了對其他父親來說理所當然的一切，像是和自己的女兒在鄉村俱樂部跳茶舞[3]，以及用保護和略帶嫉妒的眼光審視女兒的約會對象。

「你知道，」柯妮看了周圍一圈，「我覺得這裡有點像我剛從寄宿學校去紐約的感覺。我記得我對街上各式各樣的色彩和所有人驚訝得不得了。但我最驚訝的是，那些人都沒穿斯凱斯布魯克那種藍色衣服——那種好像剛從軍隊還是什麼地方出來的人才會穿的衣服。」「還記得你在斯拉夫特餐廳[4]點了兩份甜點，讓女侍者大吃一驚的事嗎？」

「記得。」她說，但她對回憶往昔不感興趣。

羅比想著，她以前離開學校時總是很開心。那時她並不把一切都當成理所當然。他會帶她去看戲。有一次，他帶她去看《柳綠花紅》[5]，因爲她很喜歡而令他感到不安。不過她最喜歡的還是多伊利・卡特劇團[6]來鎮上那一年，那時候她還沒去寄宿學校，他每個週末都帶她去看日場。他們一

---

1 二一俱樂部（21 Club），通常簡稱「二一」，是一家美國傳統菜式餐廳和禁酒令時期的前地下酒吧，一九二二年開業，二〇二〇年底因新冠肺炎疫情停業。

2 瓏驤（Longchamp）是法國的一個奢侈品牌，一九四八年創立。最初生產帶有皮套的菸斗，後來開始生產皮革錢包。

3 茶舞（Tea Dance），通常在下午舉行，並會提供下午茶，一般在年長者之間較流行。

4 斯拉夫特（Schrafft's）是麻州一家糖果、巧克力和蛋糕公司。一八九八年公司業務拓展至餐廳。一九一五年時在紐約曼哈頓、布魯克林、雪城和波士頓均有分店。

5《柳綠花紅》（Pal Joey），一九四〇年的舞臺劇，以脫衣夜總會為背景，許多歌曲具有性暗示。上演十七年後改編為歌舞電影，由法蘭克辛納屈主演。

6 多伊利・卡特劇團（D'Oyly Carte Opera Company），由理查・多伊利・卡特（Richard D'Oyly Carte，一八四四～一九〇一）創立，專門演出薩伏依歌劇，最有名的劇目是《日本天皇》（The Mikado）。由英國音樂劇作曲家亞瑟・蘇利文爵士（Sir Arthur Sullivan）與劇作家威廉・S・吉伯特（W. S. Gilbert）合作的歌劇，稱之為「薩伏依歌劇」（Savoy opera），兩人合稱「吉伯特與蘇利文」。

定把吉伯特與蘇利文的所有劇目都看遍了吧，羅比疲倦地想。對柯妮來說，這總是個見到爸爸的機會。但某種程度上，這種方式也太糟糕了。

「爹地，」柯妮突然開口，「萊特醫生跟你說了什麼?他怎麼跟你說的?」

「沒說什麼，」羅比說。「他說你累了，你承擔了太多責任。我知道你媽對你來說是個問題。」他說。

「不。不，不完全是。只有在我還很小的時候，她會長篇大論地說一些我聽不懂的話，然後對我發脾氣。」

「我知道，」羅比說。「你總是很難理解她發脾氣其實和你無關。我還記得，有一天早上你進了她房間，想問她你能不能跟朋友去紐約看牛仔表演，她對你大發脾氣，不准你去，因爲你把她吵醒了。那時候她手上有一齣戲。」

「是，」柯妮說。「我記得很清楚。我記得我打電話給你，問你可不可以跟我們一起去，這樣媽咪應該就會答應了，結果你說不。」

「我不能干涉你媽的管教方式，即使她錯了。」

「我氣你跟氣她一樣多。我一直以爲你是那個做事合情理、會居中調解的人。」

「我不能爲你不聽你媽的話負責。」

「你當然能負責。但那都是好多年前的事了，我們現在別再吵這個了。」柯妮喝了一口馬丁尼。爲什麼他們老是要吵架呢？因爲她爸爸總是認爲自己有理。

「你還是在做一樣的事，」羅比說。「你總是在挑撥我們之間的關係。」

「我挑撥你們之間的關係！你說反了吧？你們老是把我夾在中間，讓我像個犧牲品。一旦我做了什麼讓你不高興的事，或者我需要做什麼讓人厭煩的事，比如說看牙醫，你就會跟我撇清關係，我突然就變成了單性生殖出來的孩子。」

「你晚餐想吃什麼？」

「我不知道，」柯妮暴躁地說。「我要再來一杯馬丁尼。」

「一杯就夠了。」

「你打算幹什麼？突然給我立規矩？你很久以前就放棄這個權利了，也許就在你不帶我去看牛仔表演那一刻。」

「好吧，再來一杯馬丁尼。醉死好了，我管不著。又不是我的責任，反正我說什麼你都不聽。」

「我從來沒醉過。目前爲止還沒有。」

「十六歲就能保持這樣的紀錄眞了不起啊。這麼多年來，你是怎麼保持這種完美紀錄的呢？更別說產前雞尾酒會了。」

「你是說媽咪挺著大肚子喝醉了到處亂跑，像《菸草路》[7]說的那樣？你知道，她也從來沒爛醉過。我們光是喝酒花錢又不用為這個付什麼黑人新教徒費用就夠你氣的了。」

「別像你那個愛爾蘭老媽一樣說話。」

「看，為什麼你老是要說媽咪的壞話呢？你知道，你說的話我從來沒信過。」

「我知道。相反的，你媽的話可是真理。你進療養院、看醫生都是我付的錢，結果一點意義也沒有。我想這件事你媽大概沒提過吧。」

「那又怎樣？你為什麼老是提錢？好像錢就有什麼意義似的。」

「因為對你來說只有錢有意義。你跟你媽一樣，你們都只關心能從我這裡搾出什麼來。」

「想再來一杯嗎，爹地？你是不是感覺到一股想哭的衝動？沒有人愛我，他們只想搾乾我，然後把我扔在路邊。」

「小姐，說話別那麼失禮。」

柯妮笑了。「你至少可以有點幽默感。」

「我不覺得這有什麼好笑的。」

「你是看不出來。」

「現在，給我聽好——」

「好吧，不說這個了。我想再來一杯，謝謝。」

羅比嘆了口氣。他那麼盼望與她共度今晚。他好久沒見到她了，他曾經希望，現在，在她媽媽的世界崩毀之後，她會稍微信任他一點。但在他心裡的是另一個女兒，一個需要其他人、會依賴父母、向他們尋求協助的典型女兒。柯妮就像她媽，就算要淹死了，也會先揮揮手示意救援人員離開，這是她最後的反抗姿態，只因爲那些人是划著小船來救她的漁民，而她希望救她的是豪華遊艇。他又點了兩杯馬丁尼。

「爹地，」柯妮又認眞地問，「萊特醫生眞的只跟你說了這些？」

「是的，」羅比回答。「不管你跟他說了什麼，一定都是因爲信任他。不管你有什麼事怕我們知道，你可以肯定，他什麼都沒有告訴我們。」

他點起了菸。到底是什麼讓她心裡這麼沉重呢？雖然她很精明，但她還那麼小。她才十六歲，是什麼事情讓她擔心成這樣呢？一定是她跟精神科醫生說了些關於自己父母的事，一些她不想讓他們知道的感受。天曉得，她說的話也夠多了。一定有什麼地方出了錯，讓她跟別人的女兒天差地別。但是，她又怎麼可能跟其他年輕女孩一樣呢？像桑德拉這樣的母親不多，這對人類這個種族來說未嘗不是件幸事。

7《菸草路》（Tobacco Road），美國小說家厄斯金・考德威爾（Erskine Caldwell，一九〇三～一九八七）於一九三二年出版的作品，描寫他在美國南部家鄉的貧窮、種族歧視及社會問題。

「你媽跟我討論了一下你將來的事，柯妮，」他們的酒端上來時，他說。「我們決定，把決定權交給你自己；你比我們更清楚自己想要什麼。不過有件事我們已經決定了。你知道，你媽媽在好萊塢找不到多少工作，所以她決定到紐約來——電視臺提供了很多工作機會。」

他喝了口馬丁尼。

「我說這件事的時候，請不要馬上進入自我防衛狀態，不過你媽的事業在一段時間內會非常不確定。我們不希望再增加你現在已經有的不安全感。到了秋天，如果你想，可以回斯凱斯布魯克——」

「我不要回寄宿學校。」

「我們也覺得你可能會這麼想。紐約還有很多跟斯凱斯布魯克一樣好的學校，所以這不是問題。問題是，我希望你稍微想一下，我們都知道你媽媽個性反覆無常，她不工作的時候情緒更糟。你媽自己也意識到了這一點，我們現在最關心的是你的幸福。我們都認爲，如果你跟我住，說不定是個好點子。暫時的，只等桑德拉拿到一些好角色，如果你願意的話。」

柯妮用手指摸著杯柄。羅比對她的答案心知肚明，爲什麼他會淪落到要乞求女兒施恩的地步？爲什麼他必須把他的請求假借她媽媽的嘴說出來？她對她媽媽的忠誠是他永遠不會懂的。桑德拉做了那麼多傷害柯妮的事，然而他只要看女兒一眼，就知道她早有定見，她只是假裝在做決定而已，因爲他要求她做決定。

「嗯，」柯妮說，「我想跟媽咪住。」她看著爸爸，想用更婉轉的方式表達。「你知道，媽媽很依賴我。而且──嗯，就算她情緒不穩、喜怒無常什麼的，我也習慣了，對我來說沒什麼差別。這都是我成長過程中的一部分，這就是我習慣的生活。你知道的。」她絕望地說。

是啊，他知道的。他怎麼能期待她跟他住呢，即使只是暫時的？她一直跟他不熟。她是以她媽媽女兒的身分被養大的，從一開始，他把柯妮的監護權給桑德拉的時候，就已經讓這件事發生了，現在他想改變立場早已太遲。也許這樣也好。他眞不知道該拿女兒怎麼辦。

羅比不知道自己是什麼時候失去女兒的，是不是有個確切的日期。也許在某個時間點，他本來是可以做一點什麼的。也許在桑德拉跟尼克結婚前那段困惑期，當她還在選擇尼克或是柯妮的幸福之間搖擺不定的時候，他把柯妮帶開，努力跟她解釋，媽媽對她發火並不是因爲不愛她，而是因爲她非常不快樂。也許當時他可以做一點什麼，把柯妮帶走，跟他一起生活，而不是對她解釋她媽媽爲什麼會這樣對她。但那樣他就必須爲柯妮改變自己的生活了。他可能不得不再婚，搬到威徹斯特郡，爲柯妮建立一個家。他從來沒想過要再婚，他始終愛著桑德拉。這是他的無期徒刑。他從來沒生過桑德拉的氣，或者覺得受夠了她，想把柯妮從她身邊奪走。所以他現在連柯妮也沒能留住。如今柯妮對他的感覺和桑德拉對他的一樣：如果你想從羅比那裡弄一點什麼，他總是會在的。

「好吧，」他說，「你晚餐想吃什麼呢？」他不能讓柯妮知道她傷害了他。她不再愛他了，但這並不是孩子的錯。

「烤牛肉，三分熟。另外請先來一份凱撒沙拉，謝謝。」

「好萊塢習慣，」他笑了。「我們得先讓你重新變成一個紐約人。」

「回到紐約應該挺好的，」她說，「首先，我會再見到珍奈。」

「她還在斯凱斯布魯克嗎？」

「不，」柯妮說。「她去年春天被開除了。今年她去紐約上學了。」

「她好像有被開除的習慣啊。」

「是啊，」柯妮說。「她上過的每間學校都把她開除了——只有小學沒有。」

「你覺得你又開始跟她見面眞的是個好主意嗎？我記得你的舍監曾經說，她對你有不好的影響。」

「你這麼擔心啊，爹地。不，福瑞斯特那個老婊子始終都不喜歡珍奈，只是這樣而已。珍奈好得很，她只是反抗體制。不知道回到紐約會是什麼感覺呢？首先，換個季節應該很不錯。永恆的藍天簡直快把我逼瘋了。」她咧嘴一笑。「我常常會在早上醒來的時候祈禱下雨，因爲就算只有可憐的毛毛雨也能讓一切不那麼單調。雖然雨季其實也很單調。」

「回到現實世界對你也有好處，」羅比說。「好萊塢是你早上醒來時，要往外看看它是不是還在的那種地方。我希望哪一天晚上，整個電影聚落都能馬上拔營，回到各自的童話仙境去。」

「那是媽媽的臺詞。」

「我知道。我沒有屬於自己的東西。」

後來羅比回想起這頓晚餐，痛罵自己沒說出想說的話時，他發現他很難想起他們究竟聊了些什麼，儘管晚餐時間似乎很漫長。然而他是眞的無話可說。做過的事，已經來不及挽回；沒做過的事，也來不及做了。他曾經拒絕給女兒的東西，也沒辦法要她給他。

那天晚上羅比回到紐約，在梅利山找了一間租金合理的夏季轉租房。他現在負債累累，但他下定決心，至少要讓柯妮來的時候有個舒服的家住。

柯妮十七歲生日前幾週，桑德拉和柯妮．法瑞爾帶上一只白色行李箱出發，裡面塞滿了新衣服，都是賒帳來的。她們非常快樂地踏上了逃亡之路，奔向她們也不知道會怎麼樣的生活。當好萊塢絢麗的燈光遁入加州黑色的群山時，桑德拉開了一瓶拍譜香檳，她們用紙杯互相敬酒，爲紐約乾杯。

「敬美好的生活，」桑德拉說，凝視了女兒一會兒。「親愛的——你眞的很愛我，是嗎？」

「是的，媽咪。」柯妮微笑著，喝了一口香檳。

14

這間轉租公寓沒有她媽媽那樣鋪滿地毯、擺放原木色家具的品味，但很舒適，還有很多古董。這房子給人一種牢固而安全的感覺，而且幾戶之外就是公園大道。柯妮很高興她們要住在這裡，當她們拖著白色行李箱進門時，她還在想，不知道這間公寓能讓她交上什麼朋友。

那天晚上，茫然又孤單的柯妮打了通電話，給她在寄宿學校這麼多年唯一一個想撿回來的朋友珍奈．帕克。珍奈接到柯妮的電話又驚又喜，而且那天晚上她剛好沒有約，就邀請柯妮去了她的公寓。

柯妮坐在計程車裡順著公園大道前進，紐約安撫人心的商務式灰色建築讓她感受到一股平靜。好萊塢，以及它粉彩色的建築、蓮葉形的水池，如今都已經遠遠落在她身後，除了她心裡浮現的全新體悟，可能什麼痕跡都沒有了。

來開門的是個女傭，她臉色蒼白，制服漿得直挺挺，看上去有些煩躁。柯妮才問起珍奈，她就穿著浴袍從臥室出來了。她在春季家庭聚會上又曬黑了一點，但妝畫得太濃，不適合她的年紀。她當女傭不存在似的衝過她身邊，一把抱住柯妮。

「妮妮！親愛的！能見到你眞是棒呆了！」

女傭咕噥了幾聲，想接過柯妮的外套，但是沒人聽見，便又無精打采拖著腳步去了廚房。

「到我房間來，」珍奈說。她放低聲音。「房裡亂七八糟，那個笨女傭不肯整理，但是我討厭坐在客廳。爸爸在那裡，他有點醉了，在生我的氣，我不確定是爲了什麼事，但如果你覺得應該見他一下，可以進來。是，我覺得你應該跟他見個面，你大概是我朋友裡面他唯一喜歡的，不過說實話，他已經醉了。」

「沒關係，」柯妮笑笑。「不管怎樣，該做的樣子還是要做。天哪，見到你太好了，親愛的！你看起來一點都沒變。」

「我敢打賭，你一定有一大堆事情要告訴我，」珍奈一邊把柯妮領進客廳，一邊不停地說。她走進客廳時停了下來，裡面只亮了一盞燈，帕克先生端著一杯波本威士忌坐在窗邊，凝視著十一樓底下的公園大道。他身材粗壯、頭髮花白，眼神呆滯得像酒鬼，一張輪廓堅毅的方臉稍微掩蓋了那雙頹廢的眼。他端著酒坐在窗邊，顯得有些異樣。他是個離群索居的人，一個讓人覺得危險的人，一個已經不在乎微妙的人際關係，也不在乎威士忌裡的冰塊是不是還在的人。她們進來的時候他沒有轉身，也沒有透過任何表情變化示意他知道她們來了。

「爸，柯妮來了。她剛從加州回來。」

他不情願地轉過身。

「你好，柯妮。很高興你回來了。也許你能讓珍奈懂事點。你是回來過暑假的嗎？」他的口氣嚴厲而強烈，好像在給下屬下達指示。

「你好，帕克先生，很高興再次見到你。不過我不是來過暑假，」她回答他的問題，「我搬回紐約了。」

他輕輕點點頭，又退回了窗外的世界。

「來吧，妮妮，」珍奈說。「要喝一杯嗎？噢，我猜你還是不喝酒。」

「不，我想喝，珍。蘇格蘭威士忌。」

「親愛的，你總算開始下凡了。」

她走進配餐室調酒，那個滿臉不耐的女傭一邊洗盤子，一邊心不在焉地哼歌。珍奈隨後把柯妮帶到自己的臥室。

珍奈的臥室和其他房間一樣，裝潢如錦緞一般微微發亮，帕克太太以爲這就叫高雅。牆壁是淺藍色的，家具軟墊是粉紅鑲金邊，梳妝臺上有一面大鏡子，能映出整張床的樣子，床沒有整理，堆滿了唱片和衣服。通往浴室的門上方有一塊淺色的痕跡，顯示那裡曾經有過一面全身鏡。這個房間已經不只是亂了，簡直是一片廢墟。裙撐、洋裝、床單、信件和照片散落一地。櫃子上有一隻銀色鞋子，孤伶伶地佇立於香水瓶和照片中間，顯得格外亮眼，毫無疑問，一定是珍奈在地板上找什麼東西的時候順手放上去的。

「親愛的，餓了嗎？女傭可以給我們弄點東西來，順便唸一唸我的房間——她只要進了這裡就一定要唸我。我媽應該開除她的，但她有點怕女傭，而且我爸又不在乎。」

「不餓，珍，沒問題。跟我好好說說，這一年你都做了些什麼？」

珍奈坐在梳妝臺前用冷霜卸妝。她看著鏡子裡的柯妮，戲劇性地停住動作。

「妮妮，你說不定會瘋掉。也可能不會啦。那件事，終於發生了。」

「那件事，眞的？」跟珍奈在一起，柯妮就會重拾她早就放棄的那種學齡前幼兒的說話方式。

「是的，那時候我在百慕達。有天晚上我喝醉了，那個混蛋就這麼幹了。我當時眞的不知道發生了什麼事，後來才知道的，我氣得快瘋掉，但發生了就是發生了。然後我遇到這個人，一個哈佛的鼓手，我想，管他的，我們就做了。然後，完全不一樣，這才算是眞的發生了。我跟他交往了兩個月，他的身體眞美，脖子到肩膀的線條好勻稱，眞的好美。」

柯妮從來沒想過要問珍奈是不是愛上他了。

「現在還在繼續嗎？我是說，這個鼓手？」

「沒啦，他回哈佛之後我就沒再見過他。我去他那裡找過他一次，但是他週末就有約會了。他根本就沒把我當回事。混蛋。」

柯妮倚在珍奈的枕頭上。現在是室友的交換祕密時間，現在的珍奈會懂的。

「嗯，你還記得我信裡提過的那個演員嗎？」

鏡子裡的珍奈點點頭。

「嗯，我——我們——我跟他有過一段。」

珍奈站起來，往床上一坐。

「噢，親愛的，太棒了！所以，你現在也變成大人了。」

柯妮點點頭。

「但是，你不是說他是個同性戀？」

「是……」

「嗯，那怎麼——我是說——」

「不，其實沒什麼不一樣。」柯妮覺得自己像個經驗豐富的女人。

珍奈笑著搖搖頭。

「嗯，我眞沒想到這會發生在你身上。我的意思是，沒想到我們兩個——哎，眞是有意思，你在學校的時候純成那樣，結果現在我們兩個都做過了。事情發展的方式眞是有趣啊。」

「但是我也只有過這一個。」不知道為什麼，柯妮覺得有必要重新樹立自己的道德優越感。

「是啊，我兩個了。」珍奈的聲音裡帶了一絲自豪。

柯妮完全不是這個意思。雖然不知道為什麼，她又覺得告訴珍奈這些事會貶低她和貝利之間的關係，但她很高興自己跟她說了，那麼在這件事情上，她就不再是孤單一人了。兩個女孩都從這種共犯關係中感受到某種正當性。當珍奈對自己的羅曼史侃侃而談時，柯妮總覺得她其實錯過了什麼，相較於珍奈，她很高興自己的對象是貝利，而不是某個緊張兮兮的大學男生。然後，她突然不想再談這件事了。

「嘿，珍，放張唱片什麼的來聽聽怎麼樣？」

珍奈在床上到處翻，最後終於翻到想播放的那張唱片。當肯頓熟悉的〈抽象〉充滿整個房間時，她笑了。

「妮妮，」她說，「要不要來根香蕉？」在兩人反應過來之前，她們彷彿瞬間回到寄宿學校。

「親愛的珍奈，你眞是個傻瓜欸。」

兩人哈哈大笑。珍奈遞給柯妮一根菸，自己也點了一根。看著柯妮抽著她的菸，她讚許地點點頭。她們躺在床上，四周是熟悉的寂靜。跟珍奈在一起眞好，珍奈太瞭解她了，她什麼都不需要解釋。她們只要在一起，就自成一個快樂的世界，一個沒有責難和批評的世界。還好她們分開後的生活都遵循相似的模式，所以她們依然可以毫無隔閡、互相理解地和對方相處，她們重新接上了線，友情因爲她們共同擁有的全新經驗變得更穩固。她們已經各自孤單地過了一年，現在可以不再分開了，眞好。

柯妮打破了沉默。

「你媽媽呢？」

「欸，我沒跟你說過嗎？沒有，對——我寫給你的最後一封信退回來了。」珍奈也沒問爲什麼她的信會被退，爲什麼柯妮沒留轉寄地址。如果柯妮想告訴她，她會說的。

「我媽又進療養院了，」珍奈接著說。「你知道，她就是沒辦法接受我爸喝酒，而且我猜，我參加了一場派對，連續兩天不回家，又讓情況雪上加霜。目前她已經在那裡待半年了，就只是一直哭，而且還有各式各樣不知道是什麼的小毛病。」

「你知道她什麼時候會出院嗎？」

「不是很確定。可能七月會回來吧。你知道，每隔一段時間她就得離開療養院一陣子。」

「是，我記得在斯凱斯布魯克的時候她就出院過幾個月。」

「嗯，要是沒辦法喘口氣，誰也受不了我爸。當然，我也盡量少待在家裡。你看到那扇門了嗎？就是我房間跟爸媽房間中間，通往浴室的那扇門。」

柯妮點點頭。

「他們剛搬來這裡的時候，那裡有一面全身鏡。這個房間是嬰兒房，我的嬰兒床和所有東西都在這裡。有時候爸爸喝醉了，媽媽夜裡就會跑到這裡來把門鎖上。她從那時候開始就有點怕他了。」她沉思著。「爸老是想把那扇門撞開，還把鏡子撞掉，弄破好幾次，最後媽媽決定，再修也不會有用的。」

「有點暴力。」

「嗯，我爸跟我有種默契，我不像我媽那樣怕他。他知道如果他想傷害我，我會殺了他。我們以一種奇怪的方式互相尊重……我們有點像。有一次他甩了我一巴掌，我朝他扔了一隻鞋子，罵他是狗娘養的，然後我就進房鎖門，不讓他進來。他氣壞了，因爲我去參加派對，兩個晚上沒回家——你知道，我們在地板上睡著了，醒來又繼續瘋；這是其中一部分——他覺得我肯定跟誰上床了。我沒有。」她補上一句。

這就是珍奈生活中的醜陋面，她的生活充滿了財富和沒完沒了的約會，先是參加不完的妙齡少女社交派對，然後是名媛出道派對，充滿了膚淺的魅力和歡樂。柯妮原本就知道她還在斯凱斯布魯克時的醜陋面，如今珍奈提起，她的反應卻像面對貝利生活中的醜陋面。她不想知道，更不想談，好像只要無視它，它就會消失。這座游泳池裡也有枯葉，但也許只要她走得夠快，就不會看見它。

「你知道，」柯妮說，「我眞的很喜歡待在紐約，但問題是，我在這裡一個男人都不認識。」

「嗯，親愛的，這種事我可以搞定。來，把你的電話號碼給我，不，你最好在這裡過夜，我明天晚上要去參加一個雞尾酒會，我可以給你弄到一個男伴。」

「噢，珍，那太好了。我喜歡雞尾酒會。」

「既然你現在已經會喝酒了，你知道，我可以找出一大堆派對來。我以前不找，是因爲你看起來不感興趣。我覺得你會喜歡這個派對，那是眞正的大狂歡，所有人都會去。你可以在那裡找到男伴，一旦大家認識你，你就萬事ＯＫ了。」

就這樣，幾乎算是在無意間，柯妮開始進入珍奈的生活。她打了電話給媽媽，跟她說，她要和珍奈一起過夜，媽媽很高興，因爲柯妮不會再孤單一人了。柯妮很高興自己隔天晚上要參加雞尾酒會，很高興自己有珍奈這樣一個好朋友。她跟大人一起生活的日子結束了，她即將發現一群年輕人，這些人跟珍奈很像，過著跟她類似的生活，而她和貝利·卡伯特在一起時經歷的內疚和孤獨，如今已經遠遠拋在腦後。當她在床上，躺在已經睡著的珍奈身邊時，她確定了一些事。只要跟珍奈在一起，跟珍奈的朋友在一起，她確信，她會找到自我。

帕克先生醒得比她們早，在她們起床吃早餐的時候，他已經逃到他華爾街的辦公室去了。已經快中午了，女傭自言自語地說，珍奈小姐總是在她打掃屋子到一半的時候要吃早餐，從來沒辦法跟帕克先生吃早餐的時間搭上，不然她也能省一點事。

「佩姬，如果你不喜歡我的作息，隨時可以不幹。」珍奈簡短地說。女傭沒應聲，轉身走進廚房弄早餐去了。

「媽媽老是跟佩姬說我起床太晚，讓她覺得自己也有權利批評我。媽媽老是把女傭慣壞，但要是我們換新女傭，出於爸爸的脾氣、我的房間跟其他有的沒有的理由，通常都待不久，所以我們只能忍受二流的女傭。」她解釋。

珍奈幫柯妮安排了一個男伴，是耶魯大三的學生喬治·凱斯。她向她保證喬治非常有魅力，而且酒量驚人——從來沒醉過。換句話說，就是雞尾酒會的理想男伴。

柯妮先回家換衣服，珍奈跟她一起去。法瑞爾太太見到珍奈很高興，儘管斯凱斯布魯克堅持珍奈對柯妮有不良影響，但桑德拉一直很喜歡珍奈。她很佩服珍奈的勇氣，儘管有一點用錯方向，讓她成了學校裡同儕和教職員眼中的叛逆分子，她還是覺得珍奈的熱情奔放對於向來容易情緒低落的柯妮是有好處的。

換好衣服，她們回到珍奈家，那位男伴來接她們。正如珍奈打包票的那樣，喬治確實很有魅力。他熱愛帆船，因爲週末總是在島嶼的船上度過，皮膚曬得黝黑。柯妮開始喜歡這一晚了。他們在公寓裡喝了兩杯酒——柯妮想喝蘇格蘭威士忌，因爲她總覺得喝蘇格蘭威士忌也許比琴酒更高級一點，喬治卻說：「眞的假的？柯妮——夏天喝蘇格蘭威士忌？小屁孩似的！」

柯妮退縮了。她知道「小屁孩」是耶魯對嘲笑那些行爲沒有耶魯人樣子的人用的字眼，這對她來說就夠重了。於是她違背了自己「更高級」的判斷，跟著喬治喝了一杯琴通寧。

雞尾酒會在珍奈一個朋友的公寓舉行，那人的父母爲此特地把公寓讓出來。他們到那裡的時候是四點鐘，屋裡幾乎滿滿的都是人。柯妮被迷住了。所有男生都是哈佛、維吉尼亞或耶魯大學的，不知道爲什麼，每個男生都穿灰色法蘭絨襯衫和燈芯絨外套，看起來很有魅力，很有自信。女生也像穿了制服。並不是她們眞的都穿得一樣，而是她們的表情相同，說話的節奏也同樣斷斷續續，尼克·羅素曾經形容這種說話方式是「寄宿學校語言障礙」。

柯妮本來就是個迷人的女孩，樣子又新奇，戴著墨鏡，有種好萊塢的味道，身邊很快就圍了一群年輕制服男子。她又喝了幾杯，屋子裡塞滿了人和香菸的煙霧。當窗外變暗，燈光亮起，她說話也自在多了。有人開始彈琴，幾對舞伴心不在焉地跳起舞，幾個沒伴的男生圍著鋼琴唱歌。派對越來越歡樂了，女孩們坐在自己男伴和別人男伴鋪了灰色法蘭絨的大腿上。柯妮去洗手間時，看見兩個男生已經醉倒在滿床的外套和夾克堆裡。

她回來之後，又有人遞給她一杯酒，她開始接待這群仰慕者。

「當然，」她說，「一段時間之後，好萊塢就會成爲一個可怕的累贅。你知道，你會開始厭倦那些只會聊最近拍的那部片的電影明星……」她覺得有一點不對勁。不，她不會吐的，她可不能這樣。她無視掉這個感覺。

喬治放下攬在她腰上的手，對坐在窗邊的一個男生喊話，那個男孩正和一個金髮女孩專心交談，她穿著一件紅色洋裝，腰身有一點緊。

「嘿，佩特，這裡越來越熱了，開一下窗戶。」

佩特照做了，又有人拿幾杯酒過來。

「……你會渴望起一些有意義的交談，希望碰到一些有內涵的人，除了回紐約，別無他法。」

柯妮繼續說。

喬治目不轉睛看著她，目光順著她的身體向下移動。她知道自己身上的這件小禮服剪裁極好，非常合身。

「嗯，你知道，」另一個男生說，「有時候我離開紐約也會有一樣的感覺。我沒去過好萊塢，但就算是去年夏天，我在歐洲的時候……」

「你眞有魅力。」喬治摟著她，輕聲地說。柯妮專注聽著那個男生說話，喬治親了她的額頭和脖子，她沒理他。

「你不會意識到你有多想念紐約，」柯妮對那個男生說，「直到……」但這時有個女孩跟他說話，他正在聽，而除了喬治之外那裡又沒人，不知道爲什麼，情況變得頗爲混亂。其他男生依然圍在他們附近，但分成了幾個小團體。她把注意力放在喬治身上，因爲她有種奇怪的感覺，好像自己又要睡著了。她決定現在要正面對著他，他的手已經鬆開了，但他正在說話，說一些他在耶魯大學兄弟會聚會的事。

「你一定會很喜歡的，」他說。「我眞希望你什麼時候能來……」

柯妮全神貫注聽他說話，因爲不舒服的感覺正一陣陣湧上來。這裡實在太熱了。

「你知道，我眞高興珍奈爲我找到了你，你眞是個勇敢的女孩。」他說，接著他露出極度驚訝的表情，因爲她站在那裡聽他說話時，突然就吐了。

「我眞的非常抱歉，」她說，幾乎沒辦法相信自己眞的吐出來了。「非常抱歉，眞的——」他趕緊把她帶進浴室，經過剛才床上躺著兩個男生的房間，那裡頭又多了一個女孩。站在浴室外的一個男生說，浴室有人。

「這個女孩子吐了。」喬治說。

「我以前從來沒這樣過，」柯妮茫茫然地說。「眞的，我長這麼大從來沒——」浴室裡的女孩出來了，柯妮被推了進去。她突然又吐了一次，然後覺得好一點了。她往自己臉上潑些冷水，她身上的黑色小禮服——噢，眞是一塌糊塗。

她出來的時候喬治站在外面，主辦派對的女孩也在。

「你還好嗎？」那女孩說。

「是的，我很好。我很抱歉——只是我的衣服——」

「我拿一件我的借你，」她說，柯妮於是又回到浴室換衣服。那件衣服非常漂亮，而且很適合她。至少她運氣還不錯。

「你穿這件衣服眞好看，親愛的，」她出來的時候，喬治殷勤地說。「你應該一直穿低胸的才對。」

「我眞是丟臉死了，」柯妮說。「有誰看見我剛才的樣子嗎？」

「沒有，大家都醉得厲害，根本沒人注意。」

「眞的從來沒發生過這種事。」她用不可思議的口氣說。

「嗯，外面很熱，屋裡又有點悶。每個人都可能出現這種狀況。」他說著笑了笑，「我永遠不會忘記我剛離開安多佛的時候。有一次我在佛羅里達的海灘上，那時候我十八歲，覺得自己很八面玲瓏，我當時在跟阿斯特夫人說話，她是我媽的朋友，我想表現出很有魅力的樣子。那時天氣熱得要命，我又喝了琴酒，我知道自己要吐了，於是我對夫人說了聲『抱歉』，然後轉頭嘔吐，吐完就繼續說。她假裝沒注意到，但我可是丟臉得要命。」

柯妮大笑。她現在感覺好多了。

「你喝杯冰水，等一下就可以再喝酒了。」喬治說。

柯妮覺得自己像個傻瓜，她很肯定喬治從現在起不會再理她了，因爲她顯然表現得跟小孩子一樣。然而，他卻說：「你知道嗎？你眞的很勇敢。我想派對應該會換到到另一個有泳池的公寓去開。你願意當我的女伴嗎？」

「我非常樂意，喬治。」柯妮笑了出來。她開始喜歡珍奈這夥人了。

15

雞尾酒派對在凌晨四點結束，所以柯妮又在珍奈家待了一夜。她們在中午後不久醒來，女僕不情不願給她們弄了早餐，然後她們回到珍奈房間。柯妮躺到床上翻看珍奈在百慕達拍的照片，珍奈坐在梳妝臺前塗指甲油。

「你派對玩得開心嗎？」珍奈問。

「開心啊，除了嘔吐那件事。簡直丟臉死了。」

「沒人注意到啦。」

「我喜歡喬治。這整件事他表現得超體貼。」

「是啊，你們好像處得很好。」

「嗯。」

珍奈站起來，當心地打開衣櫥門，生怕弄糊了指甲。

「我也這麼覺得，」她咧嘴一笑。「昨天晚上，我很小心地把衣服掛起來，爲自己還夠清醒，沒把衣服扔在地板上而自豪。只是啊，」她補上一句，「我裡外掛反了。」

柯妮走到床尾去看，又抬頭望了望衣櫥上層。

「你的包包好多啊。」她說。

「是啊，」珍奈說，看著柯妮。「都是我——弄來的。」

「什麼意思？」

珍奈坐在梳妝臺前，盯著鏡子裡的自己，擦掉眼睛底下一塊睫毛膏污漬。

「嗯，你可以說我是偷的；我會說，我弄來的。」

「偷的？」

「嗯，」珍奈若無其事地說。「眞的超簡單。像我昨天晚上穿的那件洋裝，我從店裡弄到手，就這麼穿著出去了。」

「你不怕被抓到嗎？」

「喔，我被抓過一次，在一家店。一個警衛走過來拉住我的胳膊，把我帶進一個經理的辦公室。他說因爲我年紀太小，他不會堅持指控我。眞好玩，我覺得自己就像個法學博士還是什麼，不過我還是應對得很好。我跟他說，我現在正在接受心理治療，叫他打電話給我的心理醫生，然後我把衣服還給他們，他們就放我走了。連通知我爸都沒有。」

「你運氣好。」柯妮說。

珍奈看著面前的銀色香水瓶和梳妝臺上一雙白色長手套。

「我想是吧。」她說。

「你每個月有兩百多塊零用錢，你可以花錢買。」

「我想那些店比我有錢。」珍奈說。

珍奈把香水瓶推來推去，像下棋一樣換著位置。柯妮點起一根菸，盯著天花板。珍奈拿起一小瓶〈魔法〉，這是每次她去鸛鳥俱樂部時，比林斯利都會送來的紀念品。她又放下它，拿起另一只銀瓶子，搖了搖，裡面幾乎空了。她拿起一瓶不知名的昂貴法國香水，和那瓶〈魔法〉一起倒進銀瓶裡。

「你爲什麼要這樣？」柯妮說，她一直以一種事不關己的態度打量她的動作。

「同樣的香水我聞膩了。」珍奈站起來，把瓶子遞給柯妮。

「喜歡嗎？」她問。

「聞起來很噁心。」柯妮回答。

珍奈把瓶子放在桌子中央。接著，近乎暴怒地把它推到裝了鏡子的面紙盒後面。

「噢，他們全都見鬼去吧。」珍奈說。

「誰啊？」柯妮說。

「我不知道。」她轉向柯妮，「我無聊死了。」

「你打算拿那瓶東西怎麼辦？」

「我不知道。」她想了一下。「來喝一杯吧，我想。你要嗎？」

「好啊。」

她們打起精神，走進廚房。

「女傭出去了，」珍奈說。「她老是出去辦一些不知道是什麼的差事。我想她有情人了。」

「那個電梯工嗎？」柯妮問。

「可能是哪一戶的管家吧。這聽起來很合邏輯。一個不怎麼有錢的管家，爲一對酗酒的夫妻工作。這對夫妻的兒子得了白血病快死了，但爸媽總是在房裡醉到不省人事。然後這個管家丟下垂死的少爺溜出去，在高架鐵路下跟佩姬瘋狂做愛。」

「在高架鐵路下。」柯妮想了一會兒。「火車的節奏讓他們瘋狂，功用就像西班牙金蒼蠅[2]，整個畫面就像一幅貝洛斯的畫[3]。」

---

1 鸛鳥俱樂部（Stork Club）是紐約曼哈頓的一家夜總會，由謝爾曼・比林斯利（Sherman Billingsley，一九〇〇～一九六六）於一九二九年創立。比林斯利以給他喜歡的顧客贈送昂貴禮物聞名，許多禮物都是專門訂作，印有俱樂部標誌。最有名的是樂加利恩（Le Galion）的〈魔法〉（sortilège）香水，這款香水後來也被稱為「鸛鳥俱樂部香水」。

2 西班牙金蒼蠅（Spanish fly）是一種鞘翅目甲殼昆蟲，能分泌一種氣味辛辣的黃色液體斑蝥素，斑蝥素會刺激尿道導致持續勃起，很早就做為春藥使用。

3 貝洛斯（George Wesley Bellows，一八八二～一九二五），美國現實主義畫家，以其對紐約城市生活的大膽描繪而聞名。

「誰？」

「貝洛斯。」

「喔。然後那位少爺死了，」珍奈繼續說，「但是好幾個星期都沒人知道，因爲那對父母早就失去理智了，然後管家帶著佩姬在火熱的激情中去了科尼島[4]。」

「最後是一個洗窗工看見屍體，然後整件事登上了《每日新聞》。」柯妮說。

「你要加冰塊，對吧？」珍奈問。

「嗯，那我拿威士忌。」柯妮打開櫥櫃。「這裡只有蘇格蘭威士忌和琴酒，」她說。「你爸都把波本威士忌藏在哪？」

「都鎖在他房間的壁櫥裡。」珍奈說，她看了一下製冰盒。「有整整六盒冰，」她說，「還有一點昨晚的烤牛肉、幾根萎掉的黃瓜、涼拌洋蔥、一份不新鮮的沙拉、幾顆白煮蛋，」她愉快地說，從碗裡拿了一個蛋，剝了殼。「你要嗎？」

「不，謝了。」

「冰在這裡。」珍奈嘴裡塞滿了東西。柯妮調好酒，遞給珍奈一杯。電話響了，珍奈過去接電話，柯妮跟在後面。

「噢，親愛的！」珍奈大喊。「佩特！眞高興接到你的電話！」她聽了一會兒。「好，我很想去，」她說。「我還有個從加州來的朋友，現在住我這兒。一個很棒的女孩。你可以幫她找個男伴嗎?」

珍奈向柯妮點點頭。

「噢，一小時內?謝啦，親愛的，眞的很感激你找我們。待會見。」

「你還記得佩特嗎?他昨晚也去派對了。現在他們一群人在他的公寓裡喝啤酒，希望我們過去。」

「我得先回家換衣服——」

「噢，那樣太費時了。穿我的。」

「我打個電話給我媽。」

「你老是打電話給你媽。」

「嗯，我不在家，她沒有我的消息會擔心的。」

「感謝上帝我爸媽不會，」珍奈說。「有個酒鬼爸爸和一個神經病媽媽還是有點好處的。」

珍奈給柯妮安排了很多聚會，她常常跟她一起過夜，因爲她回家太晚，媽媽受不了等門。時序進入夏天，雞尾酒派對越來越多，這些在炎炎夏日還留在紐約工作的「大夥兒」們經常在晚上碰

4 科尼島（Coney Island），又譯康尼島，是位於美國紐約市布魯克林區的半島，原本是一座海島，面向大西洋的海灘是美國知名的休閒娛樂區。

面，對於潮濕的天氣，以及被踢出大學提前工作的不公待遇互相同情。柯妮發現，「大夥兒」幾乎沒有一個男生能讀完大學，或者，就算他們還在大學裡，也都是在留校察看狀態——通常是因為喝酒。她喜歡這群人的親密感，他們像是為了反抗某種東西而結合在一起的——她還沒辦法確定是什麼，她也喜歡即興派對中的大量烈酒和輕鬆氣氛。跟他們在一起，她找到了一種近乎被接受的溫暖，不經心的愛戀、經常性的調情、呼朋引伴喝酒——這一切暫時滿足了她的需要，緩解了驅使她極盡崩壞的孤獨。偶爾，當她夜裡躺在床上，她會想念她和貝利之間的愛。她對他來說曾經那麼重要。但她現在有好多聚會，很少有一個人的時候。這樣比較好，好多了，她提醒自己。她不想再戀愛，不想再傷害自己，現在這樣的生活很好，這樣的生活讓她不再自毀，不再逃避。這樣她會對自己滿意一點。六月在琴酒兌葡萄柚汁的朦朧狀態中很快就過去，到了柯妮十七歲生日時，珍奈為她辦了一場派對。

派對規模很大，氣氛喧鬧——珍奈要辦一場「壞蛋舞會」的消息在紐約傳開，全紐約的「壞蛋」都趕來了，急於捍衛自己酗酒兼道德低落的名聲。第二天一大早，珍奈和柯妮發現自己莫名其妙來到其中兩位貴客的公寓。那兩個男生大膽地陪著她們坐，最後終於發現這兩個女孩子顯然不想跟他們上床，而且比他們還能喝。他們回臥室去，跟珍奈和柯妮說一個小時以後回來，他們先小睡一下，待會兒再回來跟她們拚酒。

兩個女孩坐在客廳抽菸，把所有找得到的菸都抽光了。在這危急時刻，柯妮看了看錶。

「七點十五分。」她說。

「沒菸了？」珍奈鬱悶地說。

「沒了。」柯妮搖搖頭，「沒菸了。」

「那兩個男生還在睡。」珍奈說。

「是啊，」柯妮說。「還在睡。已經超過一小時了。」

「我看他們短時間內不會醒。」

「不會醒的。他們昏過去了。」

「昏過去了。」珍奈表示同意。

「那我們再來點酒？」柯妮提議。

「不，」珍奈說。「最好別再喝了。我不想喝醉。」

「不喝了，」柯妮認眞地說。「不想喝醉。」

「我們把他們都喝倒在桌子底下了呢[5]。」珍奈自豪地說。

「是喝倒在床下。或者該說是喝倒在床上。」她有一點搞迷糊了。

5 酒量贏過對方。喝贏了（Drank someone under the table）是一個片語，直譯即「把對方喝倒在桌子底下」。

「不管怎麼說，他們倒了，我們兩個還清醒。」

「跟法官一樣清醒。」柯妮想了一下，「爲什麼法官總是清醒，教堂老鼠總是窮，而貴族總是醉醺醺的呢？[6]」

「我餓了。」

「還有馬總是很餓[7]。」

「我們去吃東西吧。」珍奈說。

「今天是星期天。」柯妮說。

「星期天我也一樣餓。星期天跟這有什麼關係？」

「要上教堂。」柯妮認眞地說。「保母跟女傭什麼的現在都起床了，準備去做晨間彌撒。星期天是喝酒的好日子。」

「也是做愛的好日子。」

「爲什麼？」

「我不知道，」珍奈說。「星期天做每件事情都很莊嚴。人們都去教堂，去布朗克斯[8]吃大餐。」

「我懂你的意思。」柯妮若有所思地說。「這倒提醒了我，」她突然說，「我餓了。我從昨天下午兩點吃早餐之後就沒再吃東西。嗯，我餓死了。」

「得吃點東西。」珍奈說，說完兩人都站起來走出門外。

他們來到一家藥房，那裡似乎坐滿了愛爾蘭警察。她們買了幾包菸。

「菸味眞不錯。」柯妮說。

「一杯超大杯柳橙汁，」珍奈對櫃臺後面的人說。「還要一杯牛奶，一杯黑咖啡，還要蛋、吐司，再來點培根好了。另外還要一杯水。」

「我也要一樣的。」柯妮說。

一個警察對他旁邊的同事說了些什麼，接著兩人看向柯妮和珍奈，笑出聲來。侍者微笑著端上咖啡和果汁。

「你覺得，」柯妮神祕兮兮地對珍奈低語，「他們知道我們開了一整晚的派對嗎？」

「不，」珍奈說。「我們太清醒了。我還眞希望他們知道，」她渴望地說。「我喜歡讓人驚

6 這三個詞都是英文片語。「和法官一樣清醒」（sober as a judge）指的是喝醉的人總會說自己一點都沒醉。「窮得像教堂的老鼠」（church mouse）是因為做禮拜禁止飲食，所以教堂老鼠是最沒東西吃的，形容極度貧困。「爛醉如泥」（drunk as a lord）則是因為在過往只有貴族能放肆喝酒之故。

7 出自片語「餓極了」（hungry as horses），直譯即「餓得跟馬一樣」。

8 布朗克斯（The Bronx），又譯勃朗市、布朗士，是美國紐約市五個行政區最北的一個。紐約洋基隊的主場位於此，也是紐約有名的貧民區。

嚇。」

「我也是。」柯妮說。

她們離開藥房時，情緒高昂多了。這是六月底的一個可愛早晨，對街一座教堂正敲響了莊嚴的鐘聲。

「接下來要幹嘛？」柯妮說。

「現在不能回家。才七點四十五，電梯管理員會知道我們整晚都在外面，爹地會發飆，扣我的零用錢什麼的。要是我們九點半左右再進去，說我們在一個女孩子家過夜，會好得多。」

「那我們去哪裡打發時間？」

「我們去公園吧，」珍奈說。「這附近有個很漂亮的湖，我的家庭教師以前星期天總會帶我去那裡。我們去那裡坐坐吧。」

「好，」柯妮說。她用手肘輕輕推了推珍奈，「看我們前面那個女人，戴小白帽那個。我敢說她是要去教堂的。」

「我們來嚇她一下。」珍奈說。

柯妮笑了。

「我一直覺得啊，」珍奈放大了音量，「跟男生上床沒什麼不對。」

「是啊，」柯妮說。「而且他們還會帶你去吃飯，買東西送你。」

「沒錯，你眞的什麼錢都不用付，超享受的。」

「你不需要看著他們，眞的，所以他們長什麼樣子也沒——」

那女人迅速轉頭掃了她們一眼，又腳步堅定地繼續往前走。柯妮和珍奈相視而笑，這眞是個屬於星期天早上的好活動。

「——差別。」柯妮把那句話講完。

「是啊，這種生活眞是棒呆了。」珍奈說。

那女人非常明顯地猛一個轉彎，斜斜穿過街道往教堂走去。柯妮和珍奈得意地笑了一路，直到抵達公園入口才停下來。

這是個美麗的湖，在星期天早晨，這裡非常安靜，沒什麼人。一個男人邊吹口哨邊遛狗，柯妮摘下一個毛茸茸的花蕾，往臉頰上掃了幾下。

「這讓我想起貓柳，」她一臉懷念地說。「我小時候一直很喜歡貓柳。」

有意思的是，她居然在這時想起了這件事。她還記得那天早上的事，彷彿就發生在今天早上。她又變成了那個在寄宿學校讀一年級的十歲小女孩，即將自己搭飛機去加州，見那個成爲她新爸爸的陌生人。從那時開始，她知道了很多：她認識了何謂情人，她理解了恐懼和逃跑的欲望；而中央公園這一天的早晨，簡直跟七年前那個早晨一模一樣。

那天早上，她很害怕。她不知道那人長什麼樣子，自己會不會喜歡他。她不知道他跟她媽媽是不是相愛，如果是，她就更不知道跟這個陌生人分享媽媽的愛會是怎麼一回事。出發去機場前，她繞著學校操場走了很久，因爲害怕，更因爲孤單。那時還很早，霧氣沉重地壓在冬天草地的殘梗上。那天早上她甚至走進了禁區，因爲她覺得不會有人那麼早起床去檢舉她。她穿過街道，走下山坡，走到那片鐵鏽色的田野上，然後她看見了貓柳。她一直很喜歡貓柳，她摘下一個花蕾，在臉頰上掃了掃，因爲它很軟很軟。當熹微的晨光開始驅散冬天的霧氣，她走回學校，拿好行李，準備搭計程車。

她在好萊塢下飛機時，天氣很暖，舉目所及的棕櫚樹和明亮的藍天，讓剛離開鏽色田野和稀薄冬日的她覺得機場看上去很不眞實。她走過停機坪時，手裡還握著那顆貓柳花蕾，那是來自眞實世界的遺跡，直到上車她也還握著。最後，在從機場到好萊塢的漫長車程中，她靠在媽媽肩上睡著了，貓柳花蕾落在了車裡。

清晨柔和的陽光下，她靜靜地想著，手指摸著花蕾，回憶往事。最後還是珍奈打破了寂靜。

「你知道嗎？」她說，「眞的很有意思，我在不同時期，來過這個湖好多次。」她也沉浸在往昔裡。「我很小的時候，我的家庭教師常常帶我來這裡，跟其他小朋友一起玩。小學時，我們常常被帶來散步，路過方尖碑時，老師會跟我們說它是怎麼從埃及運來這裡的。去年，我跟一個朋友常常在午餐時間從學校溜來這裡，帶著一瓶蘇格蘭威士忌，回去上歷史課的時候都有一點醉，因爲歷史課實在太無聊了。」她把一根樹枝扔進水裡，看著它漂開。「我在想，這個看著我長大的湖是怎麼想我的。我在想，如果它能說話，這個早晨它會對我說什麼。」

「這樣一定很棒，」柯妮思索著說，「在同一個地方度過人生的大部分時間，並且跟湖泊、建築這些實體產生聯繫。還跟從小一起長大，以前就常常在中央公園一起玩的男生出去。」

「是啊，」珍奈說，「眞的很棒。我大部分約出去玩的男生都是這樣認識的。可惜你不是在紐約長大，不然你也可能會有這樣一群朋友。」

「我眞的很感激你，把我介紹給這麼多男生。」柯妮說。「如果不是你，今年夏天我早就瘋了。」

「嗯，親愛的，」珍奈說，「你可以說是我唯一的好朋友，我不能坐視不管，讓你一個人孤孤單單的。就算在斯凱斯布魯克，我也總是說，你需要的是多出去玩。」她從小禮服上拔下一根薊刺。「你知道，」她接著說，「這讓我想到一件事。有個我認識的男生，不是『大夥兒』裡頭的人，他很不一樣。超迷人，超聰明的，也很有錢，他連工作都不用——我跟他說起了你，他一直說想見見你。」

「是你跟我提過的，那個在佛羅里達附近有一座小島，在里維埃拉海灘有別墅的男生？」

「是，就是他。嗯，我在想，那幾個男生應該會等到他們得接我們去參加今晚的妙齡派對時才會醒，也就是十點鐘左右。我們先去一趟他住的皮耶飯店見他怎麼樣？我們可以跟他喝一杯，然後跟男伴約在樓下的酒吧碰面。」

「嗯，聽起來挺好，親愛的。」

「我眞的覺得你們兩個合得來——我可是很不願意啊。不過他堅持要見你，」她咧嘴一笑，「所以我也沒辦法把他留給我自己享用，但是你要有心理準備。」她補上一句，往湖裡扔了塊石頭，看著漣漪逐漸往外擴。「他眞的是個瘋子，所以要做好萬全準備。」她暗笑。「我眞的沒辦法跟你形容他。」

16

很幸運，那天傍晚安東尼・內維爾先生沒出去，待在皮耶飯店的套房裡。他一開門，柯妮立刻明白珍奈笑著說的那句「我眞的沒辦法跟你形容他」是什麼意思。他站在門口，是個二十出頭的年輕人，臉色蒼白，五官清秀，有一頭濃密的黑髮，和一雙挑釁但壓抑的黑眼睛。他身穿白色的毛巾布浴袍，左手隨意拿著一枝長長的玫瑰。他誇張地向兩個女孩深深行了一個禮。

「親愛的安東尼，」珍奈說。「又扮了個新角色？」她笑著說。「奧斯卡・王爾德用的不是向日葵嗎？」

安東尼沒理她，表情也沒變。

「這位，想必就是柯妮了。珍奈帶你來見我，眞是太好了。柯妮眞是迷人。」他對走過他身邊、正在脫外套的珍奈說。

柯妮已經習慣了珍奈朋友們斷斷續續的長春藤名校說話方式，卻還是對這個年輕人微弱乏力的聲音感到驚訝。他說話的方式就跟那枝紅玫瑰一樣，被馴養得無法歸類。他接過她的外套。

「安東尼，」珍奈打斷他，「我們不能待太久。我們的男伴會在樓下等著接我們，去參加一場妙齡派對。」

珍奈平淡實際的聲音暫時驅散了那個年輕人在房裡弄出的古怪氣氛。

「過來，」他說，一邊走向那張超大號的床，「躺下。」

他從床上拿開一個盛著兩只酒杯的銀托盤，然後自己在窗臺坐下。

「熱死了，」他打開窗戶說。「我一直躺在這裡，假裝自己在島上，覺得自己像極了拜倫。」他把玫瑰放到托盤上，沒打算解釋爲什麼有第二只酒杯。「你知道嗎？」他突然說，「拜倫坐在馬車裡，看著他們在維亞雷焦的海灘上火化雪萊[1]。我喜歡這樣。他就這麼在馬車裡看著，直到他被惡臭和悲傷淹沒，然後才忍痛離開。這很吸引我。這樣的死法讓一般人的葬禮都顯得平平無奇。」

「安東尼，」珍奈說，「我好想喝一杯啊。」她把自己壓在床上的禮服拉平。「我宿醉得好厲害。」

安東尼嘆了口氣，走到電話邊。

「兩杯皇家起瓦士加冰，」他點了酒，眼睛望著柯妮，「蘇格蘭威士忌行嗎？」他問，她則點點頭。「四杯吧。再來半瓶玻瑪酒莊的酒。安德魯知道我要什麼。我是內維爾先生。」他掛了電話，坐在床上珍奈的旁邊。

「珍，」他說，「你就是天堂。我們眞的應該多見面。你爲什麼非參加那個該死的妙齡派對不可？」

他把手放上珍奈的屁股。柯妮不安地望著眼前牆上的一幅畫。

「上星期我邀你參加派對，」他接著說，「但你一直沒來。」他萬分懷念似地盯著托盤上兩只酒杯。「那場派對精彩極了，」他回憶著。「一群又一群上半身全裸的女孩子，聚眾淫亂。」

柯妮眼神嚴厲地看向他。他裝作沒看見。

「你眞的應該來參加我的派對，」他說，泛起微微的笑意，這是他唯一意識到柯妮目光的時候。「柯妮也該來的。」他看了看她。「愛爾蘭女孩子的皮膚眞漂亮，」他說。「你看起來簡直就像愛爾蘭人，」他對她說。「那雙迷人的綠眼睛。」他轉向珍奈。「你帶柯妮來眞是太好了。我相信我們會處得很好的。她就那樣靜靜坐在那裡。」他帶著密謀什麼的神情朝珍奈靠過去。「你覺得，」他對珍奈說，「你朋友被我嚇到了嗎？」

柯妮不安地笑笑。

「不，完全沒有。沒嚇到。」她說。

安東尼嘆了口氣。「眞可惜。我眞的很喜歡嚇人。」

他站起來，又坐回窗臺，悶悶不樂地靠在窗戶角落。

1 一八二二年七月八日，英國詩人雪萊（Percy Bysshe Shelley，一七九二～一八二二）在義大利旅行期間，乘坐自己建造的小船「唐璜」號從萊杭渡海返回勒瑞奇，途中遭遇風暴，翻船溺斃。按義大利托斯卡納當地法律規定，任何海上漂來的物體都必須付之一炬，雪萊的遺體便由他生前好友拜倫及特列勞尼，以希臘式的儀式來安排火化—將乳香抹在屍體上，並在火中灑鹽。

「我一直在寫一個故事，」他說。「是關於兩個女同性戀，她們讓一個同性戀牧師主持婚禮——」他停住了，看著柯妮。「你是天主教徒吧，這是當然。」她點點頭。「——讓一位同性戀牧師在瑞士一場放滿了鮮花的典禮上證婚的故事。在此之前，她們一直在罪惡中過著相當幸福的生活，但這一刻，她們的寧靜生活被摧毀了。其中一個人對牧師產生了病態性的嫉妒……」

聽著他說話，柯妮心想，我到底在這裡幹什麼？爲什麼他認爲他可以跟我說這些？但我絕對不能有一點驚嚇的樣子，嚇到會顯得很幼稚，我不能讓他知道我還那麼小，知道得那麼少。

「當然，」他還在說，「牧師被解職了，他很難過，因爲——」

柯妮懶懶靠在窗邊，擺出一個刻意的姿勢。男人有一張引人注目的臉，也許他是個演員，也許有過很多經歷。她想知道他是什麼樣的人。在她們去飯店路上，珍奈提到過他。他是他們當中的傳奇人物，他們一夥兒玩得很放肆，玩的是小孩子的遊戲。他的可不是。柯妮飛快掃了珍奈一眼，珍奈正沉醉在他的故事裡。他曾經是她的情人，這個與眾不同的年輕人，連珍奈的朋友也覺得他是頹廢的象徵，一個人人都認識卻沒人眞的認識的年輕人。然而他卻要求見她，他要求珍奈帶她來。

「這對女同志最後——」他意味深長地笑笑，「——去了丹麥。」他走出角色，站在她們面前，頗爲自得的樣子。他得意地看著柯妮。「你喜歡嗎？」

「荒謬。」她不屑地說，「沉溺在一種幼稚的變態裡。」

「喔，」他被激怒了。「你覺得變態就是幼稚。」

「不，」柯妮故做鎮定。「但你故事裡的概念是。」

「我親愛的小女孩，」他克制怒氣，「多年來，我一直被說是同性戀。其實，」他整了整浴袍的摺子，沉思著說，「我煩死同性戀了。但要說到變態，我可絕不是小孩子的那一套。」

外面有人敲門，柯妮沒再接話。安東尼去應門，從侍者手裡接過托盤。柯妮看著他，他們正在玩一場遊戲，一場精明老練的遊戲，她必須守好自己。她有一點怕，但她不能讓任何人知道。她本來可以退縮，讓他知道，跟他一比，自己感覺就像個孩子。賭注很高，不知道爲什麼她就是感覺到了。她懂得的東西太少，而他這個墮落的世界是個危險的世界。然而不知道爲什麼，不退縮是一種榮譽。她嘲笑自己的害怕。所以她終究還是受不了，她依然是個孩子。不。不，她不能承認。這是她的世界，一個她莫名所以就是想要的世界。他放下托盤時珍奈藉口失陪，走進洗手間關上了門，柯妮想起兩人走出電梯時，珍奈對她說的話。「不管他說什麼，做什麼，都不要驚訝。」她是這麼說的，她一定要記得。安東尼看看關上的門，又看看柯妮，在床上她身邊躺下。

「我喜歡你，」他低聲說。「你躺在那裡，那麼安靜，那麼撩人，簡直就是個邀約。」

他的手自在地放上她的胸部，他的呼吸溫暖貼著她的耳朵。天哪，她想，當她無法控制的激情在體內聚積，感受到他的邀約並且在無能爲力的情況下做出回應時，她很害怕。她覺得好無助，只能任由他的老練和自己的身體擺布。

「爲什麼，」他喃喃地說，「非去那個愚蠢的妙齡派對不可呢？待在這裡跟我睡吧。我知道你想，親愛的。就跟我一樣想。」

柯妮拚命想振作起來。她想，爲什麼沒有一扇小門，一扇道德的小門，在我們自己沒辦法抵擋激情的時候，自動把它們關起來呢？她突然想起了珍奈，她馬上就會出來。感謝上帝，她想，一想到珍奈，她就能振作了。

「不，」她說。「我們的男伴在等。」

他生氣了。「那你們爲什麼不早點來？」

「我們昨天晚上玩通宵，」她解釋。他目不轉睛看著她。「我生日。」她加上一句。

「你幾歲？」

「十七。」

「十七。我的天哪。」

「我們早上十點左右睡著了，」柯妮繼續說。「女傭一直到七點才叫我們，我們得吃點東西。你看，我們根本沒有多餘的時間。這就是我們得吃點東西，讓自己感覺好一點的原因。」

「你們跟男伴約幾點？」他說。她可以感覺到他不再進逼。氣氛不那麼劍拔弩張了，她很高興。

「再十五分鐘吧。九點半。」

「他們——」他把那個詞說得尖酸，「都是耶魯人吧，我想。珍奈大部分朋友都是。」

「是的，」她說。「前耶魯人。」

「那很好。」他氣呼呼地站起來。「那就繼續說吧，讓我在這裡有點娛樂。眞希望我已經得到你了，」他停了一下，眼睛看著她，「那你就可以把你的小耶魯人丟在森林裡的某個地方。」

柯妮心想，所以，這一輪我贏了。我拒絕他了，這人很不習慣被人拒絕。她對自己很滿意，她接受了挑戰，而且贏了，現在她不需要怕他了。珍奈從洗手間出來，迅速觀察了一下情況。柯妮躺在床上，晚禮服的白色裙襬在她周圍鋪開，安東尼正在給自己倒第二杯酒。珍奈很高興，朝他走去。

「親愛的安東尼，」她帶著得意洋洋的勝利者口氣，「我們這麼快就得走了，眞的很遺憾。」

「我也是，」他嘲弄地說。他摟住她，吻了她的脖子。柯妮站起來，戴上她的白色長手套。他朝她走去，伸出雙臂。

「晚安，親愛的。」

他輕輕柔柔地在她唇上吻了一下。

「小小的玩具吻，」他低聲說，用讚賞的眼光凝視她。「你走之前，」他說，「我想要你的地址。我已經好多年沒問過女孩子的地址電話了，」他對她說。他看著珍奈，尋求她的證實。她看著他們，沒有說話。柯妮從晚宴包裡找出一張紙，寫下自己的電話號碼。他在上方寫下她的名字，然後唐突地覷向她。

「一個愛爾蘭女孩怎麼會取柯妮這樣的名字？」

「是我爸媽在雜誌連載小說看到的。」柯妮冷淡地說。

「是了，我眞的很喜歡你。」他說，一邊把紙放進白色浴袍的口袋。

「嘿，親愛的，」珍奈笑著說，「可別愛上柯妮啊。」

「珍，」他輕聲說著走向她，把手放在她肩上。「答應我一件事——你永遠、永遠都不會嫉妒。因爲一旦你嫉妒了，我們之間就完了。」他轉向柯妮。「珍奈最了不起了，」他說。「永遠不嫉妒，不獨佔。這就是我愛她的原因。」

她們的男伴在酒吧裡只等了一會兒，但已經足夠他們喝杯東西緩解宿醉。他們開車前往長島時心情很好，柯妮坐在後座，她的男伴艾瑞克摟著她。

「昨晚玩得開心嗎？」他問。

「嗯。」

「抱歉啊，我們說大話了，」他說。「你們完全喝贏我們。」

「是，確實如此。」柯妮笑著說。

「今晚不會了，」他向她保證。「我們會跟你們拚一場，因爲酒免費喝。」

「嘿，艾瑞克，」珍奈的男伴說，「你覺得我們進得去嗎？」

「當然，」艾瑞克打包票。「今晚是眞正的狂歡，佩特。他們不可能在門口檢查的。擅自混進這個派對的人我可以再給你舉出十個，我知道還有很多。」

「我見過辦這場派對的女孩子，」珍奈說。「有兩個人，我在幾星期前的一場茶會上遇到其中一個。」

「見鬼，」艾瑞克說，「辦派對的女孩至少有一半賓客不認識。這是進入正式社交圈之前的其中一種方式，她們只是列了一份合格客人的名單，選中這些人只是因爲他們能喝，還有他們的父親會在聖誕季爲他們舉辦大型派對。」

「簡直就是一場鬧劇，」佩特厭煩地說。「社交初亮相，完全就是搞笑。現在的女孩十四歲之後他媽的還有誰不認識，還要亮相？」

「嗯，就是免費烈酒嘛，」珍奈說。「而且你請的人越多，以後邀請你參加的派對就越多。」

那兩個白外套耶魯人斷斷續續的交談十分無趣，柯妮並沒有在聽，他們說的東西她都聽過了。社交初亮相派對是場鬧劇，喝酒是所有社交界慣例中最好的，其次呢，當然就是其他酒局了。每個酒量夠好的人都會在兩年內被耶魯開除，否則就會在畢業後進入證券交易所，從事一份平庸至極的工作。當他們的車穿越長島，奔赴往夏季一場重要的出道派對時，這些格言就成了他們的談資。柯妮把這些話熟記於心，她在寄宿學校就習得這種語言，幾個星期內她就學會了這種說話風格。她現在說起話來就像是從小在這個環境長大的人，所以也不必再聽了。她想的是剛才見到的那個與眾不同的年輕人。

安東尼．內維爾成功地成了第一個征服她的男人。她甚至不知道自己喜不喜歡他，但她被他迷住了。跟他一比，他們這夥人在這場求愛和放蕩的遊戲中只像個半吊子，而這場遊戲他們都非玩不可。她有一點怕他，怕他會把她拉進他的世界，不管那是個什麼樣的世界。不知道爲什麼，她並不相信自己能跟這人在一起。柯妮很高興自己今晚並不孤單，至少，這裡是一個她熟悉、也應付得來的世界。當他們駛向那間鄉村俱樂部的時候，它看起來老套得多麼理智，多麼令人放心啊。今晚她就會忘了安東尼，反正他可能永遠也不會打電話給她。他知道她的年紀有多小。

正如艾瑞克打包票那樣，他們成功闖進了派對。他們避開前門，因爲有個人站在那裡拿著名單核對邀請函。他們留在車子旁邊，佩特則去巡了一圈俱樂部的格局配置。他勘查完得意洋洋地回來，說他找到一個側門。他們打開那扇門，佩特帶頭，珍奈和艾瑞克跟在後面，柯妮不安地走在最後。佩特推開一個擋在那裡的侍者，發現他們在吧檯後面。

「抱歉。」佩特對驚訝的酒保說。

「覺得有點想吐，」艾瑞克對眼前的人解釋，酒保只是盯著他們，心不在焉地擦拭手上的杯子。有客人點了酒，他也沒理會這個小插曲，逕自調酒去了。「現在的年輕人啊，」他驚嘆地對一個侍者低聲說。「跟我們以前在初亮相派對上碰到的完全不一樣。」

他們狂舞狂飲，直到晨曦照亮長島，樂隊筋疲力盡退下舞池，留到最後的賓客不情願地離開，跌跌撞撞鑽進自己車裡。回紐約的路上，柯妮模糊意識到，佩特正在憑記憶和運氣開車，她清楚感覺到他們一進紐約，就在一條單行道上走錯好幾個街區。有個警察攔下他們，但艾瑞克莊重地從後座站起來，說剩下的路程由他來駕駛。警察沒打算耽誤時間，只給了個警告很快就放了他們。總而言之他們回到家了，柯妮在自家門口被放下。她媽媽早就知道她要去參加一場妙齡派對，可能很晚才回家。柯妮走向自己的床，媽媽還在睡，紐約又開始了另一個工作天。

下午稍晚，柯妮被媽媽叫醒。

「柯妮，有人打電話給你。一個年輕人——他是叫他的祕書打的電話。」這點讓她媽媽印象深刻。

「是誰啊？」她還很想睡。「跟他說我會回電。」

「內維爾先生，我想她是這麼說的。」

「安東尼！」柯妮伸手去拿睡袍，一邊紮腰帶一邊朝電話走去。

17

安東尼帶她去香博餐廳[1]吃飯。她很高興跟他同行，她喜歡侍者諂媚的刻意關注，和其他桌女性的目光。他繫了一條粉藍色領帶，穿著白色晚禮服，配上一條緊褲腿的深色褲子，儘管這時愛德華七世時代的褲子還沒開始流行。他是個引人注目的年輕人，有一張不可一世的臉和苗條健康的體格。當柯妮昨晚對他的事做了決定後，現在她覺得和他在一起自在多了。在這家餐廳傳統熟悉的布置中，他好像也沒那麼與眾不同。

「我對你幾乎一無所知，」柯妮說。「你似乎跟哪一群人或哪個背景都毫無關係。好像燈光一亮，我就看見你在舞臺上，演著一個精心設計的角色，至於你爲什麼出現在那裡，一點解釋也沒有。」

他笑了。「你這種把人分類的熱情是怎麼回事？」

「我只是好奇。」

「很好，」他說。「我跟你說說我自己吧。我父親那邊的家族來自波士頓——雖然他跟我一樣不喜歡這個事實。他是個建築師，大學畢業之後去了羅馬深造。我母親來自一個沾了點貴族血統的義大利家庭。他們婚後去了佛羅倫斯，我就是在那裡出生的。他們盡可能迅速地把我送到法國念書，因爲我小時候唯一的天賦就是擾亂我爸媽的生活，我想我眞的是個很無聊的孩子。我十七歲的時候逃學了，成爲一個障礙賽職業騎師。我一直喜歡冒生命危險。」他補上一句。「我眞的不知道爲什麼，也許是覺得無聊吧。幾個月後，我的錢用光了，我不喜歡這樣，所以我跟父母和解了，跟他們在佛羅倫斯住了一段時間。十八歲的時候，我有了自己的錢，就逃到了紐約。」

「我不確定要不要相信你。」柯妮說。

「那是你的權利。我說的基本上是眞的。」他聳聳肩。「我也不知道爲什麼會覺得必須告訴你這些，但是不知怎麼的，我喜歡跟你說話。你似乎眞的對我很感興趣，」他若有所思地說。「也許這就是原因。」

「你爸媽是什麼樣的人？」

「這是什麼，在審犯人嗎？眞的，親愛的，你一定得注意點，不然你會變成一個超級煩人精。我爸媽很有錢，這是當然。他們的錢大部分來自繼承，而不是來自我爸的工作。他們在義大利有土地，還有很多優秀的投資。這就是我生活的環境，我爸媽都很有魅力，受過良好的教育，而且，」他加上一句，「忙得要命。對於父母來說我像個討厭鬼，所以我盡可能早點離開家。柯妮，我想我

1香博餐廳（Cafe Chambord）是美國一家供應高級法式餐點的餐廳。一九三六年開業，一九五〇年遷移至法國。

要告訴你的就這些了。」

柯妮靜靜打量他。浸淫過似乎是來自珍奈那群人的放浪道德觀，她感覺到一種自在和友誼；和安東尼在一起，她接觸到的卻是遠在道德範疇之外的，一種更寬廣的自由，一種不受社會和天主教批評的自由，這些是她與生俱來、也是她背叛了的東西。她羨慕他的自在、他的能力，正如她所看見，他能脫離社會，待在自己的另類世界裡，不受她每次想融入群體時遭受的排斥傷害。她喜歡跟他在一起，現在她只有一點點不安。

「到底在想什麼，這麼嚴肅啊？」安東尼笑著問。

「在想你的事。」她說。

「非常好的頭腦運動，」他說，「但是不要太把我的一切當眞。我可能對你這種天眞女孩的心靈有腐蝕作用。」

「也沒那麼天眞。」柯妮笑了。

「不天眞嗎？」他從容而大膽地打量她。「你的餐點怎麼樣？」他突然說。

「噢，好極了，」她說。「我喜歡它配的紅酒。」

「不像威士忌那麼澀，」他笑著說。「沒那麼粗糙，也沒那麼衝。我確實喜歡這樣微妙的東西，」他一邊說著，一邊定定看著她。「美國人總是忽略微妙的價值。」他沉默下來，眼光依然沒有移開。

「晚餐之後你想做什麼?」他溫柔地說。「你喜歡什麼，我們就做什麼。」

「喔，我不知道。你給點建議吧。」

「我們可以找個好玩的地方喝一杯，」他說。「我知道一些藏在居民區裡的非法小地窖。或者，如果你不喜歡這種，那就挑一家燈火通明、把鏡子和厚重木頭當優雅象徵的公共場所去。或者我們也可以回皮耶飯店，叫點酒回房間。隨便你選。」

她在回答之前並沒有認眞思考，好像這個決定是在她完全沒有意識到的情況下做的，是在很久以前，在永恆中就決定的。在內心深處，她想著，我不需要害怕。我之前已經拒絕過他，他不是那種硬要做這種事的人——對他來說，女人要多少有多少。我能應付他，我想跟他聊聊，多瞭解他。而與此同時，她又不眞的這麼相信這個想法，但反正這不重要。跟安東尼在一起，沒有危險，無須決定。一切只是自然而然地發生。

當計程車把他們送往皮耶飯店時，問題的答案顯而易見。車子沿公園大道開，兩個人都沒說話。柯妮望著窗外，想起她第一天從計程車窗望出去的紐約，這裡對她來說是那麼陌生，充滿了未知，她不知道這個城市會給她帶來什麼，但她從沒想過安東尼這個可能，她會跟他一起坐在車裡走過這條路。他靜靜審視她，把手放在她大腿上。她沒有拒絕這個動作，這只是無心之舉，還不到有失體面的程度。

「事情是什麼時候發生的?」他輕聲說。

「我十六歲的時候。」她回答。爲什麼她會這麼輕易告訴他，一絲猶豫都沒有？

「十六歲，」他複述一次。「眞了不起。跟希臘人一樣。」

沒那麼了不起，她在心裡苦笑。也沒那麼浪漫，也許裡頭還摻雜了一點絕望。

「有幾個？」他繼續問。

她很尷尬。她不想告訴他只有一個，畢竟她還那麼小。

「那麼多嗎？」他笑了。

「噢，不，」她急忙說。「不是這個意思，不是我算不清或什麼的。」這下她犯了大錯，但她也沒繼續說下去。她該死的年紀還太小。

他笑了，但也沒說什麼。什麼都不需要再說了。就這樣簡單地決定了，沒有絲毫危機。事情也就簡單地發生了，在那晚的自然過程中，發生得很輕易。她還是不清楚事情是怎麼發生的，也懶得去想爲什麼會發生，只是懶懶地用手摸著自己的手臂。她意識到他的目光，他一直靜靜注視著躺在他身邊的她。她看了他的套房一圈，家具擺設都是傳統飯店的高雅風格。他的白浴袍隨意扔在床邊地上，就像被拋棄的童貞。她靠在枕頭上，他站起來，打開留聲機，放上一張巴哈的唱片，聽了一會兒，又把唱片拿下來。

「不對，」他自言自語。「不是巴哈。天哪，不要巴哈。」

他放了一張本篤會僧侶吟唱的葛利果聖歌，聽了一會兒，露出微笑。

「對了，」他說。「這才是我要的。」他轉向她。「親愛的，如果你不介意，我要去洗個冷水澡。」

他回來了，用披在肩上的毛巾擦身體。

「好美的身體。」她說。

「當然，」他說。「不美就是違反道德。」

「違反道德？」

「是的，」他笑了。「肉體的道德。」

「異教徒。」她說。

「也不盡然。」他站在鏡子前，梳著他濃密的黑髮。「這體現在你的天主教信仰中。你知道，」他加上一句，「我生來就是天主教徒。」他繼續說，「當然，肉體道德這件事，被僧侶們用鞭打和虐待這種對肉體的否定給掩蓋了，但這個主題在天主教中依然存在，好比自殺是不可饒恕的大罪，對肉體的殘害不被允許。你看，」他說，「我只是砍掉了宗教的頭，卻沒辦法脫離它所有的教義。我只是重組了我搶救回來的東西——肉體的道德。」他又重複一遍。

「在重組的過程中，你一定也扭曲了它們。」

「你爲什麼對扭曲這麼關心？你爲什麼堅持認爲我的人生觀是扭曲的？」

「因爲你就是，」她說，突然生起氣來。「你在跟你自己做愛。」

「跟我自己？」

「是的。你根本沒辦法跟另一個人類做愛。」

他在床邊挨著她坐下，他的身體年輕而優雅。

「當然，」他說。「我沒辦法去愛。你說得很對。」

「我不要求愛，」她生氣地說。「我說的不是愛。我說的是做愛。」

「那我就不明白你的意思了，親愛的。」

她用舌頭潤了潤下唇。「我是說，你有缺陷；我的意思是，你憎恨你自己，這讓一切每況愈下。」

「噢，親愛的，」他說。「情況完全不該是這樣。你應該舒舒服服地躺著之類的。你根本不應該生我的氣。不，這不對。」

「你把自己想像成一個情人。」她說。

他直直盯著她，她的身體靠在枕頭上，白皙而美麗。

「我親愛的柯妮，你以前被人打過嗎？」

「你知道的，一切都是一場盛大的鬧劇，」她繼續說。「一個角色扮演。你沒有能力做到的。我猜，你一直都是失敗的吧。」

他臉上鎮定的面具消失了，看起來像被人打了一頓。

「你爲什麼要傷害我？」他輕輕地問。

「因爲醜陋，」她絕望地說，把臉埋進枕頭。「那些醜陋，那些枯葉，一直跟著我。因爲我逃不掉。」

他臉上帶著受傷和孩子氣的表情看著那女孩。他把手放在她柔軟、輪廓優美的肩上。這身體如此年輕，而她如此迷茫。

「這不醜，」他平靜地說。「這當中沒有什麼醜陋。相信我。做愛只有美。它可能是唯一的美，也許持續時間很短。但沒有醜陋。」

他握住她的手。

「起來一下，柯妮。我想給你看樣東西。」

她看著他。他的臉認眞而溫柔，她第一次相信了他。她站起來，跟著他走到房間的一側。他脫下浴袍，任它落到地上。

「看，」他說。「看鏡子。」

「不要。」她把頭藏在他的肩膀後。「不，我不想看。別叫我看。」

他把手放在她背上，手指滑過她的脖頸。

「我說，看。」他的口氣很嚴肅。

她聽話地轉過身，看著鏡子。

「你看見了什麼？」他問。

「我看見我自己。而且我不喜歡我看見的東西。」

「我看見的不是這樣。」他說。「我看見兩副年輕美麗的身體。我在鏡子裡看不到醜陋。這是個單純的倒影，你知道的，倒影中沒有醜陋。」

他摟住她，帶她回到床上。她的頭靠在他胸前，他把她抱進懷裡。

「可憐的小寶貝，」他說。「道德端正的可憐孩子。」

她暗自笑了。

「你知道，我剛見到你的時候，完全不瞭解你。現在我明白一些了。你這麼不喜歡你自己。」

「我確實不喜歡自己。」他說。「而且，你說我有缺陷，那也是對的。我不可能去愛，因爲我連自己都不愛。你知道，」他思索著，「我可以騎著馬，在危險的賽道上用最快的速度奔馳，一點也不害怕。但是一個人在夜裡，在黑暗中，我卻恐懼得不得了。」

「我得走了，」她說。「我離開的時候，會很怕的，因爲我又背叛了自己，我知道不能相信自己，有一陣子我以爲可以。然後我遇見了你，我想要你，因爲我以爲你有一個祕密世界，一個沒有醜陋的世界，你可以帶我進去。但是你沒有，我錯了。」

「我們喝點酒吧，」他說。「答應我，你會暫時忘掉這些醜陋。你知道，只要你還記得醜陋，那你依然活在遺忘中，因爲生活中沒有適合你的東西。醜陋無所不在，你只能忽視它。」

「這話有人跟我說過。」她說。

「很對，」他說。「你必須面對這個事實，然後才能跟自己相處，哪怕是很短的時間。否則你就會不斷地設法逃離。」

「我知道。」她平靜地說。

他站起來倒酒，遞給她一杯。

「這就是我愛珍奈的地方，」他接著說。「她不會良心不安。她完全沒辦法愛，」他說。「即使是你，她最親密的朋友，也不可能知道。我是可以意識到這一點的。然而，就算她意識到醜陋，就算她不喜歡自己，她也絕不讓任何人知道。她永遠快樂，偶爾去探探她那些沒人有過的不幸或不滿。那個悲慘的家。那群一起出去玩的男生，那些人在背後嘲笑她有多輕易就能上，而她卻以為自己在他們那裡找到了從沒有愛的家裡解脫喘息的機會。」

「也許我不應該跟你說這些，」柯妮嚴肅地說。「我想我沒有權利讓你知道，也沒有權利因為我對自己的不快樂而傷害你。」

「不，親愛的，我不是這個意思。你和我是會互相交流的，哪怕只有一點點。她則不跟任何人說，我甚至不認為她會跟你說。」

柯妮搖搖頭。

「她自然不會跟情人說這些。我可以絕對肯定地預測，一年之內，她就會嚴重精神崩潰。」

「珍奈？」柯妮笑了。「不，珍奈不會的。她那麼快樂，那麼大膽。她的生活還算在她的掌控下。」

「嗯，那只是我不專業的預測。不管怎樣，我們說的主題是你，我明天想見你。要是我可以，我現在眞不想讓你走。也許我給不了你什麼，但是我不想讓你在這種情緒下獨自一個人。我隱約感覺自己有責任。」

柯妮對他笑笑。「你沒那麼壞嘛，不是嗎？雖然這也沒什麼不同。」

「我的天使，」他微笑著說，環抱住她，用手撥弄她的頭髮。「我什麼時候能再見到你？」

「我醒了就打電話給你。」

「答應我，」他說。「一睡醒就打。」他嘆了口氣。「我已經可以預見，我的社交生活要完了。我即將成爲一個道德小屁孩的情人，我從來沒想過會有這樣的命運。我早該知道，不該跟一個愛爾蘭女孩扯上關係，她們都那麼情緒化、那麼激動，對什麼事都極度內疚。你知道，」他說，「我不能永遠看著你，只能看著一下下，然後我內心崇尙一夫多妻的自我就會再度復活。」

「那是你以爲，」她笑著說。「等著看吧。你知道，你這個開場表現沒那麼好。丟開你的角色扮演，你已經把自己弄得夠脆弱了。」

「柯妮，」他說，「你以前被人打過嗎？」

他們都笑了，這不再是醜陋的了。

18

那晚回到家，柯妮一點也不害怕，她醒來時的第一個念頭是：我被愛了。她沒感覺到孤獨的重擔，也沒有負罪感，她既驚奇又高興。因爲這當中沒有愛情，事實上，甚至沒有欲望，沒有內疚，就只是發生了。她期待見到安東尼，她又想：也許這就是我一直在找的。也許這就是沒有邪惡、沒有醜陋的愛。

她打掃了好幾天沒清理的房間，然後打電話給安東尼。媽媽不在，她在一部電視劇裡獲得了一個重要角色，現在是排練時間。她不在家讓柯妮感到安慰，媽媽又開始工作了，這是好事，就像桑德拉自己說的，「彷彿回到往昔。」不過現在情況不一樣了。柯妮不再覺得自己只能仰賴母親的成功，仰賴她付帳單和帶她去吃飯的能力。當柯妮自己做早餐的時刻，像她媽媽在好萊塢工作時那樣，她意識到，先是和貝利，然後是珍奈的朋友們，現在是安東尼，她的生活已經和媽媽的生活分開了。獨立的感覺令她安心。生活以男人爲中心，總比以媽媽爲中心更有安全感：如果男人失敗了，至少還可以換一個。

雖然安東尼說過要來接她，柯妮還是選擇自己去皮耶飯店。就算媽媽不在家，門房也可能會告訴媽媽，說她跟一個年輕人一起出門了，柯妮不想讓媽媽知道她花了多少時間和安東尼在一起。她留了張字條，說她和珍奈要去看電影，可能會去吃晚飯，然後去參加雞尾酒會。她仔細在字條上說明了一整天的行程，把它放在電話旁邊，一邊想，我們將父母欺騙成這樣，但這反而更仁慈一點；我們的情況他們知道多了，是會受到傷害的。她搭地鐵去，因爲地鐵和安東尼飯店套房的對比讓她覺得很有趣。走進皮耶飯店時她高興地想：「我總是活在奢華之中。」但她接著迅速打斷自己的想法，因爲這口氣開始像她媽媽了。她敲了敲門。

「哈囉，親愛的，」他隨意地跟她打招呼，並沒有自以爲是的裝熟。「到客廳來吧，早上的臥房總是讓我覺得壓抑。」他們走進另一間房時，他說，「早上的床只是個用來擺脫的東西。」他看著她。「我整個早上都在想你，親愛的。噢，你吃過早餐了嗎？」

「吃過了，來之前就吃了。」

「嗯，那，陪我喝點咖啡吧。」

「安東尼，我是不是吵醒你了？你沒刮鬍子。」

「不是，」他笑了。「我決定留鬍子。幾星期前，我三天沒刮鬍子，對電梯員產生了不可思議的影響。但我實在找不到適合我的邪惡職業，所以我刮掉了。」

「嗯，我覺得你應該再刮掉一次。這樣看起來很蠢。」

「噢，親愛的，你老是讓我洩氣。你要黑咖啡嗎？」

她點點頭。

「親愛的，今天早上我無聊死了。但是我不覺得有什麼希望，因爲我認爲早上做愛是一種野蠻行爲。」

柯妮突然不知道自己在這裡做什麼，但這種感覺很快就過去了。她喝了一口咖啡。

「你今天早上覺得憂鬱嗎，柯妮？」

「不，我想沒有。」

「過來坐我旁邊。」他放下咖啡說。她在他身邊坐下，他摟著她。她靠在他身上，內心又平靜下來。「東尼要給你講個故事。」他說。

「噢，不要，」柯妮說。「別又是個離經叛道的故事。」

「不是，」他說。「是關於一個孩子的故事。」

她舒適地靠在他臂彎裡。

「這是個關於一個小男孩失去童年的故事，」他用低沉而溫柔的聲音說，「這個小男孩在富裕而無聊的環境中長大，他的幼兒園是戰前里維埃拉一片私人海灘的一小塊地方。這是一片美麗的海灘，有細白的沙灘、平靜的海水，海灘上總是陽光普照，海灘盡頭的懸崖裡有一些很神祕的洞穴，那裡眞的是個理想的幼兒園。他和他的童年常常在那裡一起玩，一起游泳，一起建造複雜的城堡，他父母也很樂意讓他在沒有家庭教師看著的情況下自己玩，因爲有他的童年陪著他。他們相處得非常好。所以，他的父母在宴請眾多貴客的時候，從來不需要擔心他們的小男孩。」

「難道海灘上就沒有其他人嗎？」柯妮問。「你是說，他就這樣自己一個人玩一整天？」

「我說過，」安東尼耐心地說，「那裡是私人海灘。再說，他還有他的童年陪他玩。現在起，不要再用這些學術問題打斷我。」

柯妮挨罵了，只好點點頭。他繼續講故事，一邊輕輕撥開她前額的頭髮。

「這個小男孩非常快樂。他好喜歡他的童年，到哪裡都要帶著它。有一天，他探索了懸崖裡的洞穴。到目前爲止，他從來沒離開過那片私人海灘，所以這次探索對他來說是很令人興奮的事。洞穴裡很黑，而黑暗是他不習慣的東西。你看，他的海灘一直都是陽光明媚。走進洞穴時他有點怕，但很快就在興奮中克服了恐懼。他在隧道裡鑽來鑽去，甚至把童年都給忘了。然後呢，他高興地發現隧道是直直穿過懸崖的，他看見了前方的陽光。他從另一頭出來，發現自己來到了一片可怕的公共海灘，男人在女人背上塗防曬油，或者頭上蓋著《時代雜誌》躺在那裡。這景象太令人震驚了，所以他急忙退回洞穴。等他回到自己的海灘，他回頭看了看，才突然意識到，他已經在兩片海灘之間的某個地方失去了童年。」

「他沒回去找它嗎？」

「回去了，當然回去找了，」安東尼生氣地說。「如果你非知道不可，我就告訴你，他朝洞穴裡大喊，但是沒有回應，所以他只能悲傷地走回別墅，喝了一杯白蘭地亞歷山大雞尾酒。」

「他再也沒找回它。」柯妮沮喪地說。

「沒有，」安東尼嚴肅地說。「它永遠消失了。」

「真是個悲傷的故事。它的寓意是什麼？」

「嘿，這寓意顯而易見吧，親愛的，如果你笨到看不出來，我也拒絕解釋。你喜歡這個故事嗎？」

「喜歡，」她說。「非常喜歡。」

「你現在感覺好點了嗎？」

「好點了。」她微笑。

「我想也是。」他說，手指撫摸起她的嘴，描摹著它的曲線。「也許早上做愛也沒那麼野蠻。」他若有所思地說。

「也許。」

柔和的陽光透過半掩的百葉窗灑進來。這裡非常安靜，沒有一點房間外有生命存在的跡象。

「我想在這裡躺上好幾年，」他說。「就像這樣。做愛，然後躺在這裡。」

「而人們會在早上趕著去上班，」柯妮說，「然後回家對太太嘮叨、付帳單。每個人都在我們的房間外頭變老，但我們就只是像躲在祕密基地的孩子一樣躺在這裡。」

「堆沙堡。」他笑了。「你有沒有想過，我們聽起來可能有點傻？」

「不，不盡然，」柯妮思索著。「在我看來，那些得坐著付帳單的人聽起來比較傻。」

「想想，」他說。「永遠不盡情生活，永遠不冒險，永遠不挑戰巔峰。」

「我也不知道我們會不會去挑戰巔峰，」柯妮還在想。「也許我們頂多能爬上我們祕密花園的圍牆，但也僅此而已。」

「然後一看見外面的世界，就嚇得縮回去了嗎？」他像個孩子一樣把頭靠在她胸前，拇指心不在焉地撫摸她的胳膊。「也許你是對的。我已經盡了我最大的努力去尋找巔峰。做愛，偶爾冒一下生命危險——在我任性的青春時代，」他笑了，「還涉入一些有點非法的勾當。不過，這一切都沒眞的發揮效果，還是少了些什麼。」

「我不知道，眞的。有時候我會覺得，我們必須像個孩子一樣去尋找巔峰——你知道，幻想是必要的；有時候又想，成人現實世界的刺眼光芒才是我們需要的，孩子們只需要爬沙丘就好了。」

「在這個問題上，我們別無選擇，」他說。「如果需要成年才能懂得放縱的樂趣，我就一點希望也沒有了。所以我總想，只有孩子才能實施安樂死，在狂喜的巔峰與世隔絕。但這個問題是學術性的，」他生氣地說，「而且讓我沮喪。」

「我們需要一點酒，」她說，「跟一些午餐，暫時從幻想中解脫一下。」

「是，」他悲傷地說，「是該這樣。」

「我們去哪？一個特別的地方，沉重、黑暗，又能喝到上好白葡萄酒，享受奢華的地方。」

「我知道一個地方，」他說。「親愛的，你的品味很昂貴。」

「也不總是這樣，」她說。「但我吃的東西不是非常貴就是非常便宜。我拒絕半吊子。貧窮和富裕都是極好的，因爲它們極端，但中間地帶對靈魂有害。」

「施拉弗特吧，」他說。「物美價廉的健康食物。」

「還有三個女人爲帳單討價還價。」

「我同意，」他說。「要是讓鮑嘉[1]早期電影裡的逃犯穿著骯髒的圍裙，端上一頓五毛錢的餐點來，就更好了。」

「你知道，」她說，「我們會有一段愉快的時光。」

這家餐廳正是柯妮想要的那種。他們走下石階，進入餐廳，坐下之後，完全感覺不到現在其實是白天。

他們是昏暗光線下唯一的年輕人，悠閒的食客把餐廳坐了半滿。柯妮沒想到紐約還有這樣的地方，她被迷住了。她不需要考慮這頓飯有多貴，因爲她知道，反正，這世界已經給了安東尼無須工作也能優渥度日的生活。

侍者一本正經地給上桌的烤鴨點火，柯妮裝作若無其事地端坐。侍者離開後，她啜了一口酒，

1 亨弗萊．鮑嘉（Humphrey DeForest Bogart，一八九九～一九五七），美國電影男演員，在《北非諜影》一片中出色的表現讓他獲得奧斯卡最佳男主角獎提名。

看著安東尼。她的臉很放鬆，很年輕，在昏暗中，她的眼睛的確是綠色的。

「我眞的好高興。」她說。

他靜靜地看了她幾分鐘。

「你知道嗎？」安東尼笑著說，「我必須非常非常小心，不然我會愛上你。」

「噢，不，」她嚴肅地說，「絕對不可以。」

「你反對？」

「你必須答應我，永遠不愛上我。」

「眞是個奇怪的孩子，」他說。「如果你希望這樣，我答應你。」

「你必須遵守承諾，就像遵守修道院的誓言。」

「我會盡力的，親愛的。因爲你說得很對：我們一旦墜入愛河，就會在探求中慘敗。懷疑和嫉妒的巨大幽靈就會溜進我們的房間。我們必須遵守我們的誓言，保持自己的純潔。」

「這酒棒極了，」她突然說，「這地方也很迷人。我喜歡這裡。」她若有所思地看著他。

「不，我不能這麼說。我不能說只要和你在一起，哪裡都很迷人。」

「對，你不能這麼說。」

「你知道我們是白癡嗎？」

「這想法今天在我腦子裡出現過一兩次，」他說。「現在，把你急著想吃的晚餐先吃了吧。」

「接下來我們要做什麼呢？」

「我不知道。這眞的重要嗎？」

「不重要。」她想了想之後說。

19

時間過得飛快，整個城市持續籠罩在七月的酷熱裡。在將近一個月的時間裡，她沒有哪一天沒見到安東尼，她脫光衣服躺在自己床上，想讓自己涼快一點，卻毫無用處，只覺得獨自一個人怪怪的。她早上醒得晚，安東尼在那時給她打了電話，說晚上他要跟他的律師團吃飯，他們正在討論他的財產問題，晚飯後他還要跟他們待上幾小時。現在柯妮面對的，是要和媽媽一起吃飯或自己一個人吃的選擇。這兩者都不吸引她，所以她決定打電話給珍奈，珍奈聽到她的聲音非常高興。

「柯妮，親愛的，你怎麼啦？我打了幾次電話，但你老是不在。你是不是跟什麼人瘋狂戀愛去啦？」

「我一直忙得要命，」柯妮回答。她不想告訴珍奈關於安東尼的事，因爲她覺得這樣對朋友有一點不忠，去年冬天珍奈去安東尼的島時，他倆發生的事她是知道的。「我眞的很想給你打電話，」她繼續說。「聽著，我想知道你今晚有沒有空？」

「晚餐時間沒事，就是跟家人在一起，但之後我要去參加佩特．莫瑞的雞尾酒派對。你還記得佩特嗎？」

「有點印象。那我跟你一起吃晚餐怎麼樣？」

「親愛的，那太好了。說不定之後你也可以來參加派對。我知道佩特不會介意的。」

「我沒有男伴——」

「那沒差。你會認識全部的人。這是場眞正的狂歡——佩特家整個房子都是我們的。他家的人週末不在，城裡所有壞傢伙都會去派對。」

柯妮知道，最瘋狂的派對，怎麼樣也比坐在家裡好。最近柯妮和父母在一起的時候覺得越來越不自在，她知道，自己在某種程度上背叛了他們；她痛苦地意識到，爲了他們好，她必須小心翼翼地不讓他們知道她和安東尼的事。她必須一直待在家裡，同時盡量避免和父母接觸，這實在很困難。

「珍，我眞的很想去派對，」最後柯妮說。「我過去吃飯，你確定你爸媽不會介意嗎？」

「嗯，親愛的，你要是來，我會很高興的，這裡不但是他們家，也是我的家。我只擔心晚餐會很無聊。我媽回來了，我爸也會在。」

「沒關係，珍。能見到你就太好了，很抱歉之前一直沒給你打電話。」

「別擔心，柯妮。你可以馬上來——現在差不多五點半，是吧？」

「是，那我大約六點到。待會見，親愛的。」

珍奈家公寓的熟悉感撫慰了柯妮，這股熟悉感像在告訴她，要是她和安東尼的世界不知道爲什麼消失了，她還有一個小團體可以回去，這讓她感到安心。雖然她看不出有什麼理由能讓自己的花園枯萎，但她付出了巨大代價才學會的謹慎已經相伴她左右。

柯妮已經快三年沒見到帕克太太了，但珍奈的媽媽還是柯妮記憶中的樣子。她是個纖瘦的女人，有著小巧勻稱的五官，和一張幾乎沒有記憶點的臉，就像每天在《紐約時報》社交版面上都能看見、頭銜寫著「家庭護工」那些女人的照片。她穿一套毫無特色的黑套裝，手裡緊緊捏著一杯雪莉酒，好像那是人家剛才交給她，而她還不適應的某種現代道具。柯妮進來的時候，她非常激動地站起來迎接她，好像急著想把柯妮的注意力從坐在窗邊、照例端著一杯波本威士忌的帕克先生身上引開。

「親愛的柯妮，眞高興見到你，我們好久沒見了，我想是從好久以前的一次感恩節假期開始吧，那時你和珍奈還在斯凱斯布魯克，你變了，你看起來老了好多，但我想你是眞的老了。」她帶著一絲笑意地說著，「珍奈跟我說你要來我們家吃飯，我好高興，我一直好期待見到你，」她一邊說，一邊把柯妮帶到房間另一頭，然後親了她的臉頰，這是柯妮從小就不喜歡的動作。

「能再見到您眞好，帕克太太。您看起來氣色眞不錯。」柯妮勉強地說。

「大衛，」帕克太太對丈夫說，「柯妮來我們家吃飯，這不是挺好的嗎？」

「嗯，」他說，在椅子上動也沒動。「最近怎麼樣，柯妮？珍奈跟我們說，你秋天時要找個補習老師。」

「是的，」柯妮回答，「媽咪認爲我不用遵守斯凱斯布魯克時那些校規，但是讓我在課業上做大量的練習，對我是有好處的。」

「你知道，」帕克太太偏了偏頭，「我跟我先生說，讓珍奈去補習老師那裡上課說不定是個好主意，比讓她回到去年那間學校好，因爲她在那裡似乎不怎麼開心。」

珍奈笑了。「他們剛寄給我爸一封信，說我到別的地方去可能會更快樂，還說他們可能也會更快樂。開除信，很有禮貌的版本。」

「也許是個好主意。」柯妮說。

「我們還是必須研究一下，是吧，大衛？」無人回應，於是帕克太太繼續說，「親愛的，你找的補習老師叫什麼名字？」

「畢格羅先生，」柯妮回答。「我寫給你。」

柯妮一邊寫下補習學校的名字和地址，一邊瞥了眼帕克先生。多奇怪、多憤怒的一個人啊，她想。他坐在那裡，端著一杯波本威士忌，看上去憤憤不平。她記得珍奈說過，要是帕克太太在家，他的情況會更糟，其他時候只有他們父女倆，多少還能互相理解，但要是有第三個人進屋，他的怒火和酒後嚎啕就會更頻繁。「我聽見他凌晨五點鐘起床，」珍奈說，「等到我早上進廚房，檯子上幾乎總是有一瓶只剩五分之一的波本威士忌。」

女傭從廚房裡出來。

「帕克太太，晚飯準備好了。」她說，好像不怎麼熟悉這句話，也不怎麼熟悉她的新女主人。

「謝謝你，安，」帕克太太說。「我眞希望我們準備得夠，柯妮，珍奈最後一刻才告訴我們你要來，我眞希望她能多提前一些時間給我們預警，但她這種事老是不說清楚，總是一點通知都沒有，就突然把客人和派對扔到我們頭上。我眞希望她能多體諒體諒帕克先生和我。」她的口氣彷彿在跟柯妮分享什麼祕密。

「妮妮，你要不要去洗個手什麼的——換句話說，去趟洗手間？」珍奈問。

柯妮在珍奈家向來很自在，所以如果她想，自己會找個藉口去。她從珍奈這句不必要的話裡察覺到，珍奈有話要跟她說。

「好，我想去洗個手，」柯妮說。「抱歉，我們暫時離開一下。」

她走進珍奈房間，珍奈關上門，從最高處抽屜的衣服堆裡拿出一封信。

「已經很長一段時間了，我還沒有機會告訴你，」珍奈說。「我跟馬修．理查茲交往好幾個星期了，他是個非常棒的傢伙，」她解釋著。「我們愛得發瘋，他想跟我結婚，可是我爸受不了他，他確實是個壞蛋，一點好風評都沒有，他上星期從紐波特寫了這封信給我。」她打開信。「你一定得聽聽這一段——『我希望你爸，那個市儈又自我陶醉的漫畫版塞繆爾．英薩爾-能喝得夠醉，這樣下次我去找你的時候，就不會發生上次那種事了。』」

「很有意思，」柯妮說，「但重點是什麼？」

「嗯，我懷疑我爸一直在看我的信，所以我不會在家裡到處亂放信了。昨天晚上我翻抽屜找馬修的地址，沒找到信，今天早上信莫名其妙又回來了。信裡寫了很多，包括我的身體，還有他多愛我之類的話。」

「你爸就是想找這個。」柯妮說。

「嗯，他早就知道我是什麼樣的人，因爲有一次我們吵架，我舊事重提，因爲我知道這會讓他生氣。但我高興的是，這次我抓到他了。所以晚餐時我想讓他知道，我已經曉得他看了那封信，這就是我想在吃飯前先告訴你的原因，」珍奈說。「我們最好現在出去，這樣才不會耽誤晚飯。我爸醉得很厲害。」她們出門時她又加上一句。

柯妮和珍奈在餐桌旁並肩坐下。女傭端來第一道菜，他們在極度緊繃的沉默中用餐。帕克先生凝視著餐桌中央的裝飾花，目光呆滯而憂鬱，帕克太太緊張地一口食物一口水，因爲她每天只喝一杯雪莉酒，不多也不少。帕克先生剛倒的那杯波本威士忌放在他手邊。

「你爸媽好嗎，柯妮？」帕克太太問道，想開個話題。

「他們很好，謝謝您。」

「我想找個時間跟他們見一面。他們一定都是非常有才華的人。」

1 塞繆爾・英薩爾（Samuel Insull，一八五九～一九三八），是一位在英國出生的美國商業巨頭，十九世紀末至二十世紀初在美國芝加哥投資了當時剛興起的電力公共事業。

第一道菜收走，湯端上來了，又是一陣令人痛苦的沉默。

「爹地，」珍奈突然說，「塞繆爾·英薩爾是誰啊？」

帕克先生視線鎖定在女兒身上。

「你爲什麼想知道？」

「我在一本書上偶然看見這個名字！」柯妮急忙說，「我問珍奈他是誰，她覺得您可能知道。」

「他是個非常偉大的人，」帕克先生嚴肅答道。

「但是他做了什麼呢？」珍奈問。

「他掌控了芝加哥很多公共事業公司。」

「他是個什麼樣的人？」柯妮問。

「一個偉大的公共慈善家，」帕克先生嚴肅地說。「他把自己的財產捐給芝加哥歌劇院。他是個非常慷慨、非常偉大的人，他應該成爲能鼓舞所有商人的榜樣。」

柯妮很高興。帕克先生知道她們在玩什麼把戲，所以不斷地讚美這位芝加哥大亨的德行。她一邊聽他說，一邊想，他眞的好激動啊，好像在防禦自己，不要受到女兒攻擊似的。

「是的，他是個偉大的人，」帕克先生喝了口酒，又重複一遍。「塞繆爾·英薩爾沒受過什麼教育，但他從來沒忘記自己從哪裡來，是怎麼達到今天這個地位的。很多人都忽略了這一點，」他接著說。「珍奈整天參加那些妙齡派對，加上她那些朋友、她的勢利眼，她已經忘了努力的價值。努力，還有謙虛。就是因爲我這麼努力，她才能擁有這一切。我一開始在公司裡只是個跑腿小弟，跟她媽媽結婚時也只是個小職員，我一步步往上爬。一切都來自我勤奮的工作、謙虛，還有上帝的保佑。」

這個男人的酒醉程度開始讓柯妮有一點尷尬，她們的遊戲失控了。

「上帝保佑，」他重複道。「現在的年輕人都忘記要感謝上帝了。感謝上帝賜予的一切，尊重父母，盡自己的義務。整整一代人忘恩負義。廢物。」他說著說著，靜靜地哭了起來。

柯妮什麼也沒說。

「好了，大衛，」他的妻子焦慮地說，「別讓自己不高興。」

他憤怒地轉向她。「閉嘴！」

沉默中只有帕克先生沉重的呼吸聲。他大聲地擤鼻涕，柯妮看著自己的晚餐，心裡湧起一陣厭惡。

「你看了那封信。」珍奈打破沉默。「你打開我的抽屜，拿了人家寫給我的信，把它看完了。」

帕克先生沒說話。

「你自己清楚，你沒有權利這麼做。」她氣焰高漲地說。「就是因爲你看了信，因爲信裡提到我和寫信的那個男生的事，所以你今天早上扣了我一百塊零用錢。你並不是因為昨晚我太晚回家罰我的，你幾乎扣掉了我一半的零用錢，因為你知道這是傷害我唯一的方法，因為你知道我已經不在乎你說什麼，也不在乎你怎麼看我了。你唯一能控制我的就是錢，這你知道，你知道這是我留在這棟房子裡的唯一原因，因為這裡的食物和床免費！」

他在盛怒中抬起頭，這話擊中了他最脆弱的地方。

「沒錯，我看了那封信，」他說。「只要帳單還是我付的，我有權知道你在做什麼。我有權知道除了我之外全紐約人大概都知道的事，就是我的女兒只不過是個妓女！」

他們很清楚怎麼傷害對方，兩個都是。

「我當然會跟男生上床！」珍奈幾乎是用吼的。「不然你以為我會怎麼做？至少他們關心我發生了什麼，至少我知道有人要我！你以為我晚上想待在這房子裡，讓一個喝醉酒的父親虐待嗎？你以為我覺得這裡是家嗎？」

女傭上來收盤子，悄悄地上了主菜。帕克太太哭了，匆忙站起來奔進臥室。柯妮餓得要命，開始津津有味地吃起晚飯。

「你可以走，」帕克先生說。「你想什麼時候走就什麼時候走。你十八歲了，你要走我會很高興。你以為我晚上一個人坐在這裡，知道你跟某個喝醉的大學男生上床，我心裡是什麼感覺？」

「那就是我希望你感覺到的。那就是我要你感覺到的東西！」

柯妮發現羊排煎得有一點老。

「這就是我奮鬥一輩子換來的東西！」他喊道。「我工作不是爲了我自己，是爲了你還有你媽——」

「放屁。」珍奈平靜地說。

「爲了你和你媽，你卻用你的放浪生活把她送進療養院！看到你成爲笑柄，讓別的母親和老師們指指點點——這就是我拚命工作的目的嗎？我這輩子就是爲了這個嗎？爲了給你足夠的錢去睡大學男生，而不是只能睡貧窮的少年犯？」

「你憑什麼說我，你，一個酒鬼，一個我連帶朋友來見都覺得丟臉的人。你覺得你是什麼樣的父親？你以爲你給過我什麼？就是錢。他媽的，錢，我可以去賺，我可以爲錢結婚，我有一千種方法可以搞到錢；要是我住在一個可以讓朋友拜訪的地方，錢根本就沒有意義！說不定我還不如住在公園大道的廉價公寓裡！」

柯妮以頑強的毅力吃完了晚餐。她眞的好想走，像帕克太太那樣逃離現場，但她對珍奈的忠誠讓她留下了。

「那就滾出去。如果我讓你這麼見不得人，你就走！」

珍奈看著他，突然不說話了，像是在思索。柯妮不知道她要說什麼。

「不，」珍奈平靜地說。「不，我沒打算走。只要我是你女兒，你就欠我。除了一個讓我丟臉的家庭和一棟我討厭的房子，你什麼都沒給我。我要讓你給我點東西。我不會走的。這對我們兩個來說，都是最簡單的生路。我會待在這裡，你要支持我讀完高中。我才不會這麼輕易放過你。」

帕克先生氣得從椅子上猛站起來。他抓住杯子朝女孩扔去，盛怒之下，杯子沒丟中，越過她的頭頂砸上牆壁摔得粉碎，裡頭的酒潑在厚厚的地毯上。他輸了，被唬住了，他心知肚明。他很清楚他對女兒的奉獻是無法控制的，女兒這種好戰的個性跟他還眞像，她不怕他，誰都不怕，而且他的孤獨太可怕，怎麼樣都不容他把女兒趕出自己的生活。她打敗了他。他垂頭喪氣地離開，而她勝利地坐在那裡看著他，什麼也沒說。他拿著那瓶波本威士忌和一只新玻璃杯，朝客廳走去。

他的妻子在臥室裡，面對她家庭破裂的證據，和她丈夫與女兒如此相像的怒火，無疑正在歇斯底里。他們這種憤怒和自毀是她始終無法理解的，這嚇壞了她。她鎖上了臥室的門，把自己鎖在裡面，就像這麼多年來她一直做的那樣。

整間公寓鴉雀無聲。女傭站在廚房一個角落，等她意識到這場可怕的怒火再度平息，便開始洗碗，嘴裡哼著不成調的小曲，因爲這聲音能讓她安心。

先開口的是珍奈。

「感謝上帝，我的晚餐還沒涼。」

她們吃完晚飯，珍奈走進自己房間化妝，柯妮則補好她的口紅。珍奈播放了幾張肯頓的唱片，音量調得很大，好打破公寓裡的死寂。然後她們就出門了，刻意避開客廳。她們出門時，珍奈用鑰匙試了試前門。

「很好，」她說。「他這次還沒換鎖。」她解釋，「每次我爸對我大發脾氣之後，就會換鎖，這樣我得按門鈴才進得去，他就知道我什麼時候回家了。然後我就得重新打一支鑰匙，我跟街角的鎖匠現在已經是好朋友了，」她笑著說。「但我想我爸要到明天才有機會換鎖。」

她們坐上計程車，駛上公園大道去參加雞尾酒派對。

一個穿著百慕達短褲和配套灰色法蘭絨外套的年輕人在門口迎接她們，她們走進一個巨大的客廳，裡面滿滿都是年輕人。有人把酒塞進她們手裡，她們帶好裝備，往人群中心走去。

「達芙！」珍奈衝到一個黑衣女孩面前喊，「見到你眞高興！你跟艾爾已經從上週島上那個派對回來啦？有人說他發現艾爾被困在牡蠣灣——」

「是啊，」有人在柯妮旁邊說，「那位伯爵丟了他在華爾街的工作，他們看膩了他不是爛醉就是宿醉的樣子——」

「他因為肝硬化退伍了，」一個年輕人說。「醫生簡直快瘋了，才二十幾歲。」

「還有，天哪，他們就這麼上了，就在客廳裡，其實也還好，只是那個曾經為他瘋狂的女孩就在那裡，那簡直是誘人犯罪，她眞的就是在勾引他——」

「她一個星期不讓你出門？噢，你媽也是個賤人嗎？」

「噢，我男伴按照慣例醉倒了，所以他們不肯再讓他進來——你知道嗎？有一次他還想揍警察，有個喜歡拿槍的警察拔槍指著他，達維多總算醒了，感謝上帝，所以——」

柯妮越過沒完沒了的對話人群看見珍奈抽不出身，便走向廚房，打算給自己的蘇格蘭威士忌兌一點水。畢竟，這會是一場漫長的派對。

廚房裡只有一個人在，是個穿著灰色法蘭絨衫的高個子年輕人，他正在給自己調馬丁尼，表情有種莫名的超然。

「你好，」他說，「我們沒見過，但既然你是我見到唯一清醒的人，我想我們應該彼此認識一下。我叫查爾斯·康寧漢。」

「柯妮·法瑞爾。」她說。「好像其他人都比我們先到，佔了好位置。」

「我們？」他一邊說，一邊輕輕攪動馬丁尼。「你的男伴在人群裡弄丟了？」

「不，」她解釋。「我是跟珍奈·帕克一起來的。」

「噢，珍奈啊。」

「你認識她？」

「誰不認識？」他馬上笑了。「我看你喝了點他們提供的那種糟糕的蘇格蘭威士忌。我進門的時候他們硬塞給我，那牌子我聽都沒聽過，根本喝不了，所以我來給自己調馬丁尼。如果你想要，這個雪克杯裡大概還有四杯。」

「好，」她說，「也許我該來一杯。我喝蘇格蘭威士忌只是習慣，來杯馬丁尼換換口味也不錯。」

「把你手上那杯酒放在檯子上就行了，」他說，「有人會收的。」

柯妮訊速評價了這個年輕人，這是她對於在派對上認識的人向來會做的事。年輕人的個子很高，看起來頗有自信，似乎比派對上其他人年紀都來得大。他的頭髮是棕色的，被太陽曬淺了些，皮膚是曬過的棕褐色，對比之下，襯得他聰穎自在的笑容更加引人注目。他的眼睛是藍色的，眼神直接，好像永遠不會從同伴臉上移開，有種令人不安的特質。他有一種略帶批判性和自制力的氣息，一種觀察者的味道。她覺得他是個值得留下來作伴的人，於是接過了他遞來的馬丁尼。

「你還在上學嗎？」他說。

「是的，你呢？我猜你是耶魯的，這裡大部分都是。」

「我上過耶魯，」他說。「我就是在那裡認識這場派對的主辦人的。我剛從哈佛法學院畢業。」

「噢，」她說。那他的年紀就大了，大概二十五歲吧。她喜歡這樣的。「我看你不是『這夥人』當中的一員。」

「我不是。」他微笑著說，這笑容減輕了他表情中那股直白引起的緊張感。「我不是的，」他又重複一遍。「我喜歡喝酒，但我覺得醉得不省人事，把女伴吐得一身實在很難看，這種來來去去都一樣的事情實在對我沒有吸引力。搞不好我覺得清醒更有樂趣呢。我也許會喝茫，但我拒絕這樣在大家面前公然喝醉酒。」

眞傲慢啊，她想。雖然他說的她同意，但她覺得他這些話是在批評她跟這些人混在一起。她沒應聲。

「珍奈是你的好朋友嗎？」他問。

「是，」柯妮回答，「從我們在斯凱斯布魯克起就是了。」她意識到，每次她說自己是珍奈的好朋友，總會引來一些幽微的反應，斜斜瞥她一眼，但她不願意因爲珍奈的壞名聲否認她。

「她是個很大膽的女孩子，」他說。「但是大膽女孩已經開始讓人有點厭煩。太多了。」

「嘿，你很挑剔，是嗎？」柯妮終於說。「等我老了，我說不定也會對憤世嫉俗的年輕人說類似的話。」

「好吧，」他笑了。「說得有理。馬丁尼怎麼樣？」

「好極了。我標準很高的。」

「我也是。對馬丁尼，對人，都是。」

「我猜得到。」

「嗯，並不是我憤世嫉俗，」他說。「可能只是太追求完美。我對自己和身邊的人都設下了高標準，這點讓人們不喜歡我，」他笑著說。「但我眞的沒辦法。欸，我們到別的房間去怎麼樣？這裡實在太熱了。」

「客廳更熱。」柯妮說。

「我知道。我們去圖書室吧。那裡安靜，我們可以聊聊。」

儘管把自己侷限在一個人身上有違她在雞尾酒派對的行爲準則，柯妮還是同意了。這個年輕人雖然什麼都要挑剔幾句，卻引起了她的興趣。當她覺得不自在，或者跟另一個人會面時，以挑剔防禦也是她常用的方式。她忽略了這一點，而且覺得，至少查爾斯比派對上的大部分男生都聰明。

圖書室裡還有另外兩對，對比於客廳的嘈雜擁擠，他們在這裡的低聲交談無疑是種舒緩。查爾斯把雪克杯也帶過來了。

「你知道，」他們坐下之後，他說，「這群人總是讓我產生憤世嫉俗的情緒。不過我知道，如果我不接受佩特的邀請，他會不高興的。」

「也許你覺得跟他們在一起有點不自在。」柯妮說。

「不會，」他若有所思地說，「我眞的不這麼覺得。因爲我在耶魯的頭兩年，就像你猜的那樣，也是這夥人的一員。後來我看著自己的成績，看著我的朋友們，我突然問自己，爲什麼要這樣自我毀滅？爲什麼要爲了喝醉而喝酒？我們既不是中年人，也沒有被人生鞭打過；這樣做眞的一點理由都沒有。於是我就不再和他們見面了，我開始爲自己設定目標，準備成爲一個律師。我每次跟這些人在一起，都覺得他們迷失了，而且還自憐，這讓我很生氣。並不是說我不喜歡他們，要是我不喜歡他們，我就不會來這裡了。但是他們出於對這世界的憤怒而浪費了太多。這才是讓我生氣的地方。」

「是，」柯妮說。「你說得有道理。我也有過一點這樣的感覺。」

「我希望你不會認爲我說這些話是因爲驕傲。」他微笑著說。

「只有一點點。」她說。

「嗯，只是這樣眞是該死的太浪費了，毫無理由。他們只是缺乏勇氣。他們批評自己的父母，把自己的酗酒、到處胡搞歸罪於他們，卻依然容許自己從他們鄙視的父母那裡得到經濟支持。」

柯妮想起了珍奈。「嗯，這當中也許還有更多因素。」

「要是他們還有一點點眞正的自尊，就不會這樣，」他說。「我在耶魯跟學院院長鬧翻了之後，我跟這夥人混在一起，那時我爸媽給我寫了一封長信，跟我說，只要他們還在替我付學費，我就是來受教育的，我最好改過自新，不然他們就不再支持我。我父親是個非常保守的波士頓律師，」他補充，「他對教育的重要性有一大堆各式各樣的看法，他認爲教育必須努力才能有所成，他一刻也不打算忍受高昂的酒吧帳單和低分。所以我叫他見鬼去，」他笑了，「然後繼續我原來的生活方式，靠著幫其他人寫論文和當家教維生。」

柯妮看著查爾斯，對他有了新的興趣。他並不像她一開始想的那樣，是個「古板正直的人」，一個傲慢的假道學。他只是拒絕妥協而已。勇氣是她一直欽佩的東西，他的情況珍奈所有的朋友都遇到過，她喜歡他的反叛，和他簡潔的回答，就是把自己踢出大學。

「你知道，」她說，「這事情很有趣，但事實是，你繼續過著放蕩的生活，這比循規蹈矩更讓我尊敬你。」

他打量了她一會兒。「是的，我想這就是你會喜歡的部分。不是我的自食其力，而是我繼續當個酒鬼。我猜你衡量一個男人的標準，是看他有多喜歡酒精吧。」

「不是！」她急忙說。這完全不是她想給其他人的印象。現在他把她歸類在他鄙視的那夥人裡頭了。「我不是這個意思。」

「嗯，我還莫名地以爲你不屬於那群人呢。我想我錯了。這就是年輕女孩的毛病，她們以爲衡量一個男人的標準就是看他血液中的酒精含量。」

柯妮生氣地站起來。

「馬丁尼很不錯，」她說。「但是批評就不必了。」

「所以現在你要走了，」他說。「我沒有批評的意思，眞的。我老是說錯話。」

「對，我要走了。」

「嗯，那我也沒辦法，」他嘆了口氣。「女人總是讓事情往心裡去。但是我眞的希望你不要走。」

柯妮聳聳肩，端著馬丁尼走進客廳。她很喜歡跟查爾斯聊天，他的清醒，以及他進行知性對話的能力讓她耳目一新。她覺得，她本來還能更深入瞭解他的，他也是相當有魅力的人。但她不需要任何人的批評，她沒有義務接受這種事，更別說是在雞尾酒派對上。從她走進這個廚房以來，她第一次想念安東尼。她希望安東尼在這裡。安東尼不會批評人。

「是啊，辛西亞要在那場沙龍舞會上社交出道。嗯，面對現實吧，在沙龍舞會出道只需要錢，而她也只有錢——」

「聽好，親愛的，我保證不會在你面前醉倒，眞的。我們這就去公寓喝幾杯——」

「鸛鳥俱樂部。噢，天哪，不要，我受夠那隻鳥了，那裡最近擠滿了預科學校的孩子。去P．J．克拉克怎麼樣？」

「是啊，親愛的，你眞的瘦了，你穿這件衣服眞是美翻了。我一直在減肥，但是除非我戒酒，不然我想我永遠都瘦不下來，而且我夏天又戒不了酒，天氣太熱了，秋天派對又那麼多，接下來又是聖誕季節，眞是拖累人——」

柯妮又躲回廚房。她其實並不眞的想喝馬丁尼。她把殘餘的酒倒掉，給自己調了一杯蘇格蘭威士忌。

「天哪，柯妮，你倒掉的是馬丁尼嗎？」

「噢，嗨，喬治，我沒看見你。」她說。

「浪費好酒要天打雷劈的。嘿，我們一個月沒見到你了。你都把自己關在哪裡啊？」

「噢，我被一個瘋狂的義大利貴族關起來了。」柯妮笑說。

「是嗎？恭喜你了，親愛的，但你應該試試法國人才是。」他咧嘴一笑。「說眞的，我們很想你啊。你到這裡多久了？」

「噢，大概半小時吧。」

「嗯，那我爲什麼一直沒看見你？誰帶你去樓上瘋狂做愛了嗎？」

「我跟查爾斯·康寧漢聊天，在圖書室。」

「噢，查爾斯啊。他是個很棒的人，傑出的律師。他最近變成正派好人了，以前是個標準酒鬼，但改邪歸正了。」

「沒錯，他是有點正派。」柯妮表示同意。這才像話嘛。

「嘿，親愛的，別光拿著那杯酒不喝啊！」

「我記得上次見到你的時候，我是喝贏你的。」

「好吧，那再比一次，我不會輸你的。但不准拿著酒不喝。」

「好吧，比就比。」

「到客廳來，我要看你醉倒。」

「不，我向來喝得比你多，親愛的。」

柯妮和喬治一輪又一輪地拚酒，柯妮發現，他們的談話很快就沒那麼無聊了，她也不再想念安東尼了。事實上，她發現自己還挺享受這段時間，幾個小時後，她又來了趟廚房，趁喬治暫時離開的機會喝了一點冰水。

「柯妮，親愛的，」伯爵搖搖晃晃走進來，熱情地吻了她，「我愛你。」

她從他懷裡掙脫出來。

「親愛的，我也愛你，但是你不要表達得這麼激——熱烈。」

「噢，上帝，這些字眼對我來說太難了，」伯爵回答。「我要去跟珍奈做愛。」

「嗯，哈囉，親愛的，」佩特從伯爵那邊得到暗示，摟住柯妮吻了一下。「爲什麼我們沒發生過什麼浪漫事件呢？」

「因爲你總是不夠清醒。」柯妮笑著說。

「好像每個人都在親柯妮啊，」一個平靜而熟悉的聲音說。查爾斯把自己的馬丁尼放到一邊，親了她的額頭一下。「我到處在找你。我看你一直被派對上的人纏著。」他說。

「噢，正派好人又來了，」柯妮說。「我正準備要走。」

「太棒了。那我送你回家。我把這群人看了一遍，沒發現比你更聰明更有魅力的，所以我一直在找你。」

「喬治要送我回去。」柯妮冷冷地說。

喬治笑了。

「我剛剛去洗手間的路上碰到喬治，他看起來有點醉了，我想還是讓我送你比較好。」

「多謝關心，」柯妮說，「但是喬治已經要送我了。」

查爾斯聳聳肩。「如果你改變主意，我的邀約依然有效。」

喬治出現在門口，他把胳膊搭在門上，有個女孩正要回客廳，從他胳膊下鑽過去，他便趁機親了那女孩的額頭。

「要走了嗎，喬治？」柯妮問他。

「走？見鬼了，這裡還有酒呢。」

「嗯，可是我要走了，親愛的。」她說。

「那你走吧。我要喝酒！」喬治一點也不在意。

「邀約依然有效喔。」查爾斯說。

「好吧。」她嘆了口氣。

他們上了計程車，查爾斯看看錶。

「十二點半。」他說，「二一俱樂部。」他對司機說。

「我不住那兒。」柯妮說。

「沒錯，」他說，「但我們就是要去那兒。我餓得要命，我想你也可以吃點東西。」

「我沒喝醉，」柯妮明確地說。「而且我以爲你要送我回家。」

「我知道你是這麼以爲的，」他笑著說。「二一的宵夜很棒。」

他們坐在酒吧裡一張鋪著紅格子桌布的小桌邊。柯妮最後一次來二一是和爸爸一起。她和安東尼去的總是更隱蔽不爲人知的餐廳，但二一從來都是柯妮最喜歡的餐廳之一。不知爲何，她認識的年輕男人們沒有一個帶她來過這裡，這裡好像莫名地太成熟、太保守，她要提議來這裡也會猶豫。二一有種正派人的味道。她很高興他們來了這裡。

「你知道，」她說，「儘管我反對，但我還是很高興我們來了這裡。這是個奇妙的地方，我老是想來這裡，但來過的次數並不多。」

「這裡對你們那夥人沒有吸引力，」查爾斯說。「這裡不能酒後喧嘩，也不能隨地親熱。」

「我眞的希望你不要再說他們是『我』這夥人了，」柯妮厭煩地說。「事實上，今晚是我這一個月以來第一次見到他們。」

「嗯，恭喜你，」他說。「說眞的，這不是適合年輕女孩的好團體。不管這個女孩多麼有教養，只要跟他們混在一起，就會招人懷疑。我可以感覺到，你並不是另一個珍奈·帕克。」

「珍奈是個很棒的女孩子，」柯妮說。「我跟你說過了，她是我的好朋友。」

「噢，別替她說話了，」他有一點厭煩。「我也覺得她是個好女孩，不過我在說什麼，你應該很清楚。」

「是，其實我懂，」柯妮嚴肅地說。「她就這麼誤入歧途實在太糟糕了，給自己弄出這樣的名聲。」

「你知道，」查爾斯說，「誰都可以像珍奈那樣活——而且比她更厲害，因爲她口中百分之八十的故事都得打折扣，而且誰也沒必要曉得。我眞的認爲，她其實想宣揚給每個人知道。」

「這是我在所有評論珍奈的人當中聽過最有智慧的一句話，」柯妮說。「她確實想讓大家知道。最重要的是，她想讓她爸媽知道，好藉此傷害他們。」

「這眞他媽的令人遺憾。不過以她的家庭狀況來看，這也不難理解。並不是說我贊同她的行爲，」他急忙說，「但是我可以理解。」

侍者過來了。

「我想要一個雞肉三明治。」柯妮說。

「噢，親愛的，不要這麼乏味。現在是週末夜，而且我口袋裡帶著支票。我們來點歡樂的東西嘛，像是橙酒火焰可麗餅。」

「倒是個不錯的主意。」柯妮說。

「如果你不討厭把葡萄和穀物類混在一起——」

「不討厭。」

「——兩杯干邑白蘭地。」

柯妮很高興。不知道爲什麼，這種姿態讓她想起安東尼，但查爾斯身上有種令人放心的氣質，他很穩重，很有自制力。她從沒認識過像查爾斯這樣的人，至少年輕人裡沒有——她莫名地想起了艾爾·李昂尼，然後又覺得不那麼肯定了。雞尾酒派對的說話風格在這裡不怎麼合適。

「很抱歉今晚早些時候惹你生氣，」他說。「我想跟你道歉。我眞的不是特別針對你。我只是心情不好，可能是因爲我覺得在那裡有點格格不入吧。」

這讓她舒服了一點。

「嗯，請不要爲這件事擔心。我想我年紀是有點小，就像你說的，才會有那樣的反應。但這不重要。重要的是我喜歡二一，而且我們就要吃到火焰可麗餅了，這是令人開心的事。」

「嘿，柯妮，你有對不可思議的眼睛。」

她嘆了口氣。「是，是綠色的。綠——色——我長到這麼大，這一直是爭論的焦點。是綠色的，而且特別大，我跟男生出去的時候，從沒碰過一個不會評論它們的。」

他大笑。「你很棒，眞的很棒。我都被打動了。你知道，你一定對今晚派對上那些男生厭煩透頂。我看得出來，你不怎麼喜歡在雞尾酒派對上跟人交談。」

「其實我很喜歡雞尾酒派對。我不需要思考，不必說出我眞正想說的話，我也知道我不管說什麼，都不會成爲對我不利的把柄，因爲沒人會記得。」

「說得好。你知道，我想跟你多見面。你可以給我電話號碼嗎？我想打電話給你，帶你去吃頓眞正的晚餐。我們可以只坐著聊天，如果你不想，就什麼眞心話都不用說。雖然我看起來有點令人害怕接近，但我保證，只要有像漫畫對話框那樣一來一往的聊天，我就滿足了。」他笑著說。

20

「我在雞尾酒派對上玩得很開心。」柯妮說著，得意地伸展雙臂後將雙手枕在腦後。「後來我就跟那個迷人的男生去了二一，我們點了火焰可麗餅和白蘭地。」

「俗人，」安東尼不屑地哼了聲。「俗人。真高興我在他們腐蝕你之前，把你給救回來了。」

他在窗前站了一會兒，拉開飯店窗簾，想在正午的悶熱中透透氣。他轉向她，她坐在沙發前端望著他。他轉身時從來不會只轉頭，當他想改變注意目標，就會轉動整個上半身，像是隨時注意保持雕像的線條平衡。

「沒有你，我枯萎了。」他悲傷地說。「悲慘的一晚，還得假裝聽那些死氣沉沉的律師說話。而你一直在盡情享受，毫無疑問是在做愛還是什麼的。」

「我喜歡看你的姿勢，」柯妮完全不理會他的任性。「過來坐我旁邊。」

他順從地走向沙發。她用手輕鬆沿著他肋骨和臀部之間窄窄的、雕像般的線條摸下來。他握住她的手，端詳了她一會兒。

「你叫我，我就得來，是嗎？」他說。「我真是什麼主導權都沒有了。我的藝術在墮落。我表現得像個美式情人。」

「你是啊，」柯妮笑著說，「我非常享受。你開始嫉妒了。」

他故作優雅地站起來，靠在壁爐架上，從鏡子裡看著自己和那個女孩。

「我們去哪裡吃午飯？」他突然說。「去廣場飯店？」

「好啊。」柯妮說道，興致不大。

「現在，聽好。」他走向她，握住她的手把她拉起來，然後稍微退了一步，專注地看著她。

「今天早上我不喜歡你，」他平靜地說。「你不逗我開心。你表現得太像個女人了，從我們遇見的第一個晚上開始，你從沒這樣過。我可能真的有點嫉妒，但你沒理由把我的嫉妒高高舉起，像舉起一個月桂葉花環一樣宣告你的勝利。要我告訴你，女人在戀愛時犯的最大錯誤嗎？當情人臉上第一股紅潮褪去，當她們剛征服的情人不再對她們言聽計從，她們就企圖讓他嫉妒，到處賣弄風情。尤其是美國女人，她們就是不能忍受自己居於次等地位。」

他的手放在她肩上，拇指放在她線條柔軟的鎖骨上。

「最後她們把一切都搞砸了，」他輕聲說。「開始愛情遊戲的人是她，毀了遊戲的人也是她，從那一刻起，一切都瓦解了。」

她嚴肅地看著他。他放下雙手，轉過身去，彷彿不看著她說話比較容易。

「每次我發現這種情況發生在我身上，我就會了結這段關係。當下了結。我拒絕讓它在醜陋中結束，也就是說，在逐步崩壞的狀態中結束。」他微微轉向她，「所以，親愛的，你必須非常小心。你必須提防潛伏在自己身體裡的女人心的詭計。那樣的放縱代價高昂。」

柯妮直視他，用舌頭潤了一陣子嘴唇。

「你以爲你對我有那麼大的掌控力，對我有那麼重要？你以爲我對你那麼沒信心？就因爲你是我的情人，你就以爲自己有權力告訴我，其他人都不能告訴我該怎麼做嗎？你最好也小心點。你不能失去我，」她挑釁地說。「親愛的安東尼，儘管你有著那麼多男性的傲慢，但認識了我之後，你會發現你的生活有多空虛。」

他默默站著，表情既憤怒又驚訝，柯妮無動於衷地想，不知道他會不會動手打她。突然間，他笑了，發自內心地大笑，笑聲裡沒有一絲怨恨。

「有什麼好笑？」柯妮平靜地說。

「親愛的，你的樣子實在太像愛爾蘭人了，一隻愛爾蘭小公雞，隨時準備跟每個人打架。」他依然面帶微笑，雙手環抱住她。她沒有動。

「好了，親愛的，」他用溫柔低沉的聲音說，「別生東尼的氣。」

他的臉嚴肅起來，就像一個突然意識到自己的玩笑惹媽媽生氣了的孩子，急著想賠罪。他溫柔地吻了吻她那出於蔑視而揚起的下巴。她看著他的臉，那張臉稚氣卻認眞。她像剛剛突然的憤怒一樣，突然地笑了，然後慢慢摟住他。他輕鬆將她一把抱起來，低頭看著懷裡的女孩，像吻一個孩子似地親吻她的臉頰。

隔壁臥室的電話突然響起，無比堅持，要求接聽。

「我們不會接的。」他用陰險的口氣說，她微笑著搖搖頭。

電話依然刺耳地響著，持續擾亂、衝撞他們的情緒，終至粉碎，彷彿水晶碎片似的灑落一地。

「該死。」安東尼低聲說。他扶好她站起來，她跟著他走進臥室。

「珍奈啊，親愛的，」安東尼說。「眞高興接到你的電話。」柯妮眼神銳利地看向他。「我知道，珍，我離開城裡好幾星期了。柯妮?是，其實她在這裡。」他把話筒交給柯妮。

「嗨，妮妮，」珍奈說，「你家女傭給了我這個號碼。我很抱歉打擾你，但是發生了糟糕的事，這次是眞正的危機。」

安東尼點了一根菸遞給柯妮。她點點頭。他走進浴室，裡面傳來淋浴聲。柯妮聽見了，露齒一笑。

「……所以佩特跟我早上快六點才從打烊的俱樂部出來，」珍奈正在說。「我回到家的時候有點醉，佩特也是，我爸也是，他端著他的波本威士忌在等我。他根本就是把佩特趕出去了，我還以爲他要揍他呢。我爸那時眞的失去理智了。嗯，整件事的重點是，我一時酒氣上頭，收了衣服就走。我爸甚至威脅要把我關進小房間，你知道，如果他想，他是可以把我送進療養院的，因爲我還不到二十一歲。我現在住在佩特家，但是他家的人回來了，氣他氣得半死，因爲房子弄得一團糟，所以我現在很煩，我沒辦法待在這裡。我在想，不知道能不能去你那裡住幾天?這次我眞的回不了家了。」

安東尼站在浴室門口，用一條土耳其毛巾擦身體。柯妮看了他一會兒。這表示他們不能這麼常見面了，因爲柯妮決心不讓珍奈知道他倆的事，她不想傷害她。

「好的，珍，」柯妮最後說。「我會跟女傭說，你可以在五點左右過來。媽媽排戲要到六點，但是我會在家。」

安東尼瞪著她。她聳聳肩。

「謝了，親愛的，」珍奈說。「我就知道你靠得住。代我向安東尼問好。」

柯妮掛了電話，絕望地轉向安東尼。他挨著她在床上坐下，輕輕吻了她的肩膀。她幾乎沒意識到他，只是伸長了手越過他，往床邊的菸灰缸裡彈掉菸灰。他坐直身子，嘆了口氣。

「該死。」他又說了一次。

他把菸灰缸遞給她。

「所以珍奈要搬去跟你住了，」他終於說出口。「這會讓情況變得很複雜。」

「我知道。」柯妮回答，摁熄了香菸。

「她那個酒鬼爸爸終於把她趕出去了？」

「我想這是雙方之間的共識，」柯妮說。「她說她只來住幾天，但我瞭解珍奈。儘管我很喜歡她，但她每次住進人家家裡就會上演《來吃晚飯的人》[1]。她從來不會意識到她強行擾亂了別人的生活，或者自己待得太久。這都是她堅信世界欠她的一部分。」

「柯妮，我知道你有多喜歡珍奈，也知道你有一種荒謬的執念，就是不想讓她知道我們的關係。我知道，你莫名地有種自己背叛了她的感覺，只因爲我跟她之間分分合合的關係，打從她把你介紹給我的那晚就結束了。我相信你會知道，她跟你住在一起的話，要對她隱瞞這件事是非常困難的，你也知道我們有多常見面。」

「那，」柯妮說，「我就只能像對我媽媽那樣，讓她以爲我好幾星期才見你一面，而且還有個不存在的男朋友。」

「不，親愛的，」他耐心地說。「你跟你媽媽說會一起出去約會的男生，珍奈每個都認識，因爲是她把你介紹給這些人的。這樣行不通。她住一小段時間後，你就得想辦法把她趕出去，送到其他朋友那裡，不然你善意的謊言就會失敗。」

「不行，」柯妮想了想，「我不能這麼做。珍爲我做了太多，我不能在她需要我的時候把她趕出去。再說，我很喜歡她，她有麻煩了，我想幫她。唯一的解決辦法，」她轉向安東尼，「親愛的，就是少跟你見面，也許跟她去參加那些雞尾酒派對，即使我並不想去，但這樣可以減少她的疑慮。」

「嘿，柯妮，」安東尼突然擔心起來。「你對朋友的忠誠不要太急躁。我知道你很有責任感，也知道你有多討厭傷害人。有一年左右的時間，珍奈半眞半假地愛上了我，這我知道，但那並不是什麼熱烈的激情。我們甚至懶得對彼此忠誠。」

柯妮盯著安東尼。「你知道嗎？她想嫁給你。她在我從城裡回來大約一星期後跟我說的，她經常提起這件事。」

「喔，她不是當眞的，」安東尼笑著說。「我們會聊結婚的事，但這只是戀愛的慣例。我也常說再過幾年我們就結婚，但是要用最隨意的方式。你知道，『當你有了第一任丈夫又徹底決裂了，我們就眞的該結婚了。我們相處得非常好。』那種的。」

「但是，親愛的，你對她是有意義的。難道你不知道，珍奈的所有朋友都習慣性背叛她嗎？她的情人在別的男生面前嘲笑她，她的朋友利用她來認識新人脈和男伴，目的一達成，就接收她的情人，然後拋棄她。我希望讓她覺得，她還有一個忠誠的朋友，我想讓她相信這一點，不管這是眞的還是假的。她介紹我們認識，而我在你們持續了一年的關係之後開始把你從她身邊奪走。如果她覺得我也跟其他人用同樣的方法，同樣地不在乎她，我可以想像她有多傷心。」

1《來吃晚飯的人》（The Man Who Came to Dinner）是一部一九四二年的美國電影，描寫紐約某位古怪電臺主持人受邀到富裕的工廠老闆家吃飯，不慎在門前的冰上滑倒。主人讓他住進自己家，請醫療人員照顧，而他卻在別人家反客為主的故事。

「一個對你很重要的朋友。」安東尼說。

「是的，珍奈就是。珍奈需要我的友誼。」

「你眞的認爲，你希望少見我。」安東尼平靜地說，「你眞的覺得你做得到？」

「親愛的，爲了一個我確信是正確的目標，我說什麼都能忍受。我並不想這麼做。你知道，你知道我們擁有的，那個我們在一起時創造的世界——嗯，你知道，要減少和你見面，我幾乎是害怕的。但爲了珍奈，我會這麼做。不是因爲什麼偉大的利他主義，而是因爲，每次我在我知道是對的事情上妥協的時候，我對自己從來沒有滿意過。」他默默地打量了她一會兒。

「親愛的，」她微笑握住他的手。「只要幾星期，等到她爸爸平靜下來就好，絕對不會超過。然後，等到我覺得她可以回家，我也履行了自己的義務——我們就又可以常常見面了，我們會補回所有我們錯過的日子。這樣好嗎？」

「好吧，」他笑著說。「我們穿正式點，親愛的，然後去廣場飯店吧。」

珍奈依約在五點鐘帶上兩只皮箱和嚴重宿醉搬了進來。她接管了柯妮的房間，在另一張床上建立陣地，把她的一大堆雞尾酒禮服和三件晚禮服塞進柯妮的衣櫥，衣櫥頂則擺上她「弄來」的所有包包。柯妮的筆記本和各式各樣的信件被倉促移出書架，放到門廳櫃子最底層。珍奈打電話回家，要女傭把打給她的電話轉到柯妮家的號碼，然後她在客廳坐下，對柯妮說：「我好想喝一杯，算是用酒來解酒吧。」

於是柯妮調了兩杯蘇格蘭威士忌加冰，雖然她一點也不想喝。當她把酒放在珍奈面前，自己也啜一口時，她接受了一個事實，那就是，由於她自己的決定，她接下來兩週的生活都得繞著珍奈轉。

「爸爸眞的讓人越來越無法忍受了，」珍奈說。「我不知道到底該怎麼辦好。這酒很好喝欸，我會迷上的。我從佩特家打電話給馬修——你還記得馬修吧，就是那個跟我有一腿的男生，寫了那封信的那個……」

柯妮點點頭，厭煩地點了根菸。

「反正啦，我給人在紐波特的馬修打了電話，他說他再過幾星期就回來，還說我可以住他那裡——他室友現在在康乃狄克州度假。所以我想我離開這裡之後就會去那邊。」

柯妮驚訝地抬起頭。「親愛的，別這麼做，眞的——天曉得，我不是會說教的人，」她說。「但要是你公開跟這個傢伙同居，那你就是個白癡。這跟搞曖昧很不一樣。這表示你打算全心全意投入這段關係，順從它——這等於向所有人宣布，這就是你想要的。」

「這有什麼不一樣？你劃的界線根本沒什麼差別。」

「差別大了，珍。你很清楚你自己。你知道，一旦你開始自我傷害，就會繼續下去，用一次比一次更激烈的方式傷害自己。你在哪天晚上喝醉，不小心跟一個男人睡了，之後你就停不下來了，你會用同樣的方式一路喝下去。你知道那是怎麼回事。只要你跟這個馬修住上幾星期，就回不去了。你會離開他，去找下一個，迫不及待讓所有人看見你的墮落。一旦你邁出下一步，你就阻止不了自己，這你很清楚。」

珍奈眼神凌厲地看向她。

「嘿，妮妮，你是打算訓我嗎？」

「不是的，珍奈，」柯妮疲憊地說。「我從來沒訓過你，也沒對你說教過——我從來沒訓過人。我沒權利教訓別人，也沒那個欲望。」

柯妮看了珍奈幾分鐘。珍奈看起來比十八歲要老得多，也疲憊得多——她有權這樣對待自己，但這樣對待也太糟糕了。也許只是因爲宿醉的關係。

「珍，」柯妮平靜地說，「你還記得我們在斯凱斯布魯克的時候嗎？那個時候，你違反了那麼多規定，學校警告說那年剩下的時間要把你禁足，我也沒叫你別違規。我同樣違規了，跟你一樣多，但是我的操行還是拿A。因爲我從我當工作人員的朋友那裡弄到許可，我可以在傍晚去曲棍球場，那時候我很喜歡去球場散步。我也有違禁食物，會在熄燈後看書，但是我違反規定的時候很小心。每個讓我不方便的規定我都違反了，但是我從來沒被抓過。我曾經試著告訴你，別管什麼規則，但是違規的時候要小心，不要被罰。要顧好自己。」

珍奈點點頭。

「那時候你沒怎麼聽進去，」柯妮接著說。「反正你被開除了，我猜是因爲你想這樣。現在你可能還是不會聽我的。親愛的，我還是違反了所有規則，都是你曾經違反過的。但是我沒有被抓。這件事沒人知道，因爲我不會把自己的生活告訴別人，如果要，我會告訴不會背叛我的人。我不會公開在眾人面前傷害自己。」

「我才不在乎什麼眾人不眾人的。」珍奈生氣地說。

「你最好他媽的不在乎！聽好，最終你還是想嫁個耶魯人，生幾個孩子什麼的，你知道自己想。你不希望在十年後還經常光顧你現在去的那些酒吧，不想跟一個比你現在的男伴更老、更不討人喜歡的人一起走進鸛鳥、二一或廣場飯店，心裡明白要是自己不表現得放蕩，就會孤獨一人。那不是你想要的生活，你很清楚。」

珍奈沉默地坐著，凝視她的酒。

「聽著，珍奈，別再繼續毀滅自己。你才十八歲。你還有上天容許犯錯的時間，但時間不多了。我們可以稱爲『年少輕狂』的時間沒有多少年。人們很嚴厲的，隨時都準備要譴責別人。你不要去跟那個人住，那會變成一個開始，你知道的，然後——」

柯妮停住了，因爲珍奈的眼光從她身上移開了。她的表情在其他人看來也許是憤怒，但柯妮知道不是。

「親愛的，」柯妮溫柔地說。「我冒險說這些，是因爲你是我的好朋友，我不能眼睜睜看你傷害自己。從某種意義上來說，我不是聖人。但我覺得這給了我說這些話的理由。你的聰明機伶處理這些事情是綽綽有餘的，你也是個好得不能再好的人。」

珍奈有一點尷尬，喝了一口威士忌，點起一根菸。

「等到今年秋天，」珍奈用一種故作輕鬆的語氣說，「我要在社交界出道卻不住家裡的時候，那就好笑了。你知道，我爸從我很小的時候就計畫好了，那是一種象徵，表示他給了我他自己從來沒擁有過的東西。這件事對他來說意義非凡，而等到事情終於成真，我卻根本都不住家裡了。一切都是報應，他完全無能爲力。」

柯妮嘆了口氣，拿起珍奈的杯子，裡面的冰已經化了。她給珍奈調一杯新的酒，也給自己弄了一杯。

「我早該知道，」柯妮終於開口。「曾經有人這樣勸過我一次，在加州。那些話並沒有產生多少作用。我聽人說過，你沒辦法阻止一個男人喝酒。我想這是同樣的道理。」

「你媽媽應該快回來了吧。」珍奈說。

「我想是的。快六點了，她應該再一會兒就回家了。」

「她知道我在這裡嗎？」珍奈問。

「我在她排戲的時候打過電話給她了。她很高興。」

「最近她在電視上常常露面，是不是啊？」

「是啊，」柯妮說。「她今年夏天有一檔肥皂劇，然後還會上一些節目之類的。不算很多，但夠請個女傭了。賺的錢足夠請個女傭，對她心理上眞是很大的鼓勵。當然，要是沒有我爸幫忙，她是做不到的，但這對她來說還是意義重大。」

柯妮坐下來，點了根菸。

「你知道嗎？」她笑著說，「我眞的很喜歡看媽媽工作時的反差感。很有意思，雖然對大多數人來說很難理解。身爲女演員的自己，是她唯一愛的自己，是唯一一個能把她生命中的每一面串連起來的存在。她不工作的時候，簡直連個人都算不上。她覺得她沒有權利讓外界看見自己，於是她就會躲起來，像她之前在比佛利山那樣。但現在，即使上電視節目對她來說很丟臉，她卻跟以前的樣子差不多。它運作的方式很有趣。這是她演技成功的象徵，就像女傭瑪麗，和她買的那些衣服，這讓她覺得自己成功了，像個人了，幾乎就像——一個忠誠的丈夫極力澄清他沒有別的女人一樣。」

「瑪麗非常棒啊，」珍奈說。「訓練有素。」

「媽咪向來會花幾天時間調教新女傭。她做的第一件事就是坐下來，讓女傭裝作爲她送上豐盛的晚餐。然後她會讓女傭坐下，換她來服侍她。她在女傭這方面是完美主義者。」柯妮笑了出來。「我們曾經有過一個很棒的德國女傭，叫格雷琴，格雷琴在我們家做了三年，可憐的格雷琴。有一天晚上，媽咪辦了一場盛大的派對，那時候我們還在斯卡斯代爾，我還很小，那天的甜點是巧克力舒芙蕾。結果舒芙蕾掉在地上，格雷琴當場就被解雇了。」

那天晚上珍奈第一次哈哈大笑。

「因爲掉了舒芙蕾，她就把女傭解雇了？」

「那可是重頭戲，」柯妮解釋。「有非常重大的意義。你必須理解我媽，那眞的是種相當合乎邏輯的反應——一點也不過分。」

鑰匙在門鎖裡轉動，柯妮的媽媽進屋來了。

「我們剛好說到你。」柯妮說，但她媽媽沒聽見。

「親愛的珍奈！」桑德拉邊說邊往珍奈那兒衝過去，好像房間裡只有她一個人似的。「柯妮把事情告訴我了，」桑德拉用她低沉且搖撼人心的嗓音說，「我眞高興，她要你來住我們家。」

「要來杯威士忌嗎，媽咪？」柯妮插嘴。

「要馬丁尼，親愛的。今晚沒有演出，」她說，彷彿她有一整晚空閒時間是非常不尋常的事。「柯妮，瑪麗知道珍奈要跟我們住——」

「是的，媽咪。當然。」

「好。我們今晚吃烤牛肉，你喜歡烤牛肉吧？」桑德拉對珍奈說，珍奈點點頭。「柯妮，親愛的，」桑德拉喊道，「看在老天分上，別放太多苦艾酒！」

「不會的，媽咪，」柯妮耐心地說。「你知道的，我調的馬丁尼棒極了。」

「我還以爲你今晚有約會呢，柯妮，」她媽媽說。「跟那個可愛的男生，那個——」

「沒有，」柯妮急忙打斷她。「我午飯跟他見過面了。我今晚沒有約會。」

「柯妮最近的社交生活可瘋狂了。」她媽媽對珍奈說。

「哦，眞的？」珍奈說。「你一定是發現新酒吧了，妮妮。」

「是啊，」柯妮說。「老是去同樣的地方很膩。」

瑪麗走進來。

「晚餐準備好了，法瑞爾女士。」

「瑪麗，我想再喝一杯雞尾酒。我十五分鐘內會去飯廳。」

瑪麗點點頭。「好的，法瑞爾女士。我不是故意催您的。」

好在她媽媽很快就把話題轉到自己和她的電視工作上。柯妮鬆了一口氣，接下來兩星期，日子會有一點難過，這件事顯而易見。

電話響起來，柯妮急忙去接，以爲可能是安東尼。

「說我不在！」她媽媽說。「我的雞尾酒時間拒絕被經紀人和工作打擾。」她向珍奈解釋，柯妮暗笑著接起電話。

「柯妮在嗎？」一個低沉穩重的聲音說。

「我就是。」

「柯妮，我是查爾斯．康寧漢。很抱歉在最後一刻才給你打電話，但我在辦公室的時候打過來好幾次，你都不在。我想知道你今晚有沒有空。」

「嗯，我已經——」柯妮朝客廳望去，她媽媽和珍奈坐在那兒，「其實，我今晚剛好有空。」

「太好了！我真擔心你不行呢。那我七點半左右去接你？」

「好的，這樣好。你知道地址嗎？」

「當然知道！那待會見。」

「謝謝你的電話，查爾斯。」

珍奈肯定開始成功搞亂她的生活了，柯妮一邊掛電話一邊想。她已經決心不再見查爾斯，但他這次在珍奈在場的時候過來卻是再好不過。珍奈沒見過查爾斯幾次，柯妮想見安東尼的時候，用他的名字就方便了。嗯，只要讓他今晚過來一次就行——說不定再來幾次，好讓珍奈放心，接下來的時間她就可以去找安東尼了。查爾斯也許能好好利用。

「珍，你說你今晚有約是嗎？」柯妮走出來說。

「是的，跟佩特。我們要去鸛鳥。」

「跟我想的一樣。很好，那我就不跟你出去了。」

「親愛的，你總算有約會啦？」她媽媽說。

「是啊，查爾斯·康寧漢。你還記得他，是吧？」

「我恐怕不記得。」她媽媽回答。

「不知怎麼的，我想你沒見過他，」柯妮說。「眞奇怪。」

「你跟查理出去過？」珍奈問。

「是，有一段時間了。」柯妮回答。

「我們最好進飯廳吃飯，」她媽媽說。「孩子們，你們可以把酒帶著。」

佩特先到了，查爾斯來的時候，珍奈建議大家一起去鸛鳥。柯妮很高興，她已經決定讓查爾斯繼續擔任不重要人物，既能與其他人見面又能自得其樂的雙對約會，不會讓她覺得背叛了安東尼，她知道會是這樣。

「你知道嗎？」查爾斯對她說，當珍奈和佩特離席去舞池的時候，「其實我不想來這裡。我受不了這個地方。」

「爲什麼？」柯妮笑著問。「因爲全是小屁孩還是怎麼樣？」

「說眞的，是。」

「這件事很困擾你，是嗎？」

「是，」查爾斯皺起眉頭。「我只是對努力的人，也就是在外頭工作生活的人更有興趣。我在安多佛的時候喜歡預科學校的孩子，在耶魯的時候喜歡大學生。你知道，就是不斷在前進的人。」他微笑。

「我喜歡這隻鳥。」柯妮傲慢地說。

「你知道不是的。」他咧嘴一笑。

「嗯，好吧，我確實不喜歡，但是你的態度讓我火大。告訴我，你有沒有什麼弱點？你這人眞的是完全自信、堅不可摧的嗎？」

「別人經常問我這個問題。當然不是，」他說，點起一根菸。「我只是選擇不讓人看見，僅此而已。」

珍奈和佩特回來了，打斷了他們的對話。

「天哪！」珍奈大笑，「這首曲子眞瘋狂。嘿，我的酒怎麼啦？」

「你喝光了，」佩特笑著說。「來，先喝我的，我再去給你拿一杯。」

查爾斯抬起頭，打量了佩特一會兒。

「雙份蘇格蘭威士忌加冰塊，」佩特對侍者說，「再給我一杯加水威士忌。」

查爾斯表情不變，他垂下眼睛，彈掉香菸上的灰。一群身穿白外套的年輕人吵吵嚷嚷地攜伴進來，珍奈抬起頭。

「嘿，伯爵！」她喊。「過來這邊！」

伯爵抬起頭，離開那群人，朝他們這桌走來。

「嗨呀，親愛的，」伯爵說著，搖搖晃晃地伸出手臂摟住珍奈的肩膀。「我們本來在我們俱樂部，但是第三大道不歡迎我們，所以我們就到這裡來了。我們打了一個人，」他解釋，「然後他們就把我們趕出來了。反正我在那兒坐得欲火焚身。」他往珍奈靠過去。「嘿，親愛的，」他咧嘴一笑，「今晚上床如何？」

珍奈哈哈大笑。

「少來纏我的伴。」佩特說。

「噢，」伯爵說，揚了揚眉毛。「你佔有欲挺強的啊，是嗎？」

「去死吧。」佩特說。

「嘿，伯爵，」查爾斯急忙說，「要不要來一杯？」

「當然好。」伯爵說。

「怎麼樣，妮妮？」查爾斯說。「我請馬塞爾喝一杯好嗎？」

「好啊，」柯妮說。「請伯爵一杯酒。不會怎麼樣的。」

「你們知道，」伯爵自豪地說，「我因爲肝硬化被強迫退伍的事嗎？當我跟醫生說我只有二十歲的時候，他的反應眞有意思，有趣得要命！」

柯妮抬起頭看著伯爵，端詳他貴族模樣的臉，他的頭髮像歐洲人一樣往後梳，只有一綹落在前額。他看起來甚至連二十歲都不到。

「伯爵，」她說，「你到底爲什麼要喝這麼多？」

「這個嘛，」他聳聳肩。「我也不知道。就是一種舒服的生活方式。」接著，他好像突然懂了這個問題，憤怒地轉向柯妮。「怎麼回事，你也變成好人了？你知道你跟一個該死的道學家在一起嗎？康寧漢，他根本就瘋了！你們是一對。」

柯妮沒應聲，不想激怒他。侍者過來的時候，查爾斯打破了沉默。

「伯爵，我可以請您一杯什麼呢？」他平靜地問。

「雙份琴酒加冰塊。改天我會還你錢的，查爾斯．康寧漢。你再怎麼樣都是個正直好人，該死。」伯爵嚴肅地跟查爾斯握了手。然後他從另一張桌子那兒拉了把椅子，在珍奈旁邊坐下。

「嘿，親愛的珍，」他笑著說。「我們去做吧，嗯？眞的，寶貝，我知道你床上功夫很厲害——」

佩特椅子一推站起來。

「伯爵，看在老天的分上，閉嘴吧。我們受夠你了。」

「怎麼啦？」伯爵還在冷笑。「你佔有欲還眞強啊。你又不是唯一一個跟她睡過的人。」

佩特撲向伯爵時，伯爵依然很鎮定地等著佩特，期待著他的怒火，並且樂在其中。查爾斯站起來，按住佩特的胳膊。一個領班從酒吧另一端抬起頭，焦急地望著他們。

「拜託你，查理，」佩特說，「放開我好嗎？我要去讓那個混蛋閉嘴。伯爵，我沒跟她上過床，你知道的。你只是很痛苦，因爲你總是醉得不省人事什麼都沒做成，就是這樣。查爾斯你這天殺的混蛋，放開我！」

伯爵的表情依然沒變，用他修長而優雅的手摑了佩特兩巴掌，打的時候還面帶微笑。

「我不聽任何人的廢話。」他笑著說。

「聽著，伯爵，」查爾斯注視著朝他們走來的領班，說：「在他們把你扔出去之前，你能不能自己滾出去？你也想被趕出這裡嗎？你想被鎖上所有的酒吧趕出去嗎？」

「沒錯！」他說。「是這樣，就是這樣！我想被鎖上每一家酒吧趕出去，我想被趕出這該死的世界每一個令人厭惡的角落，我就是想要這樣！」

查爾斯感覺佩特的身體鬆下來，便放開他，珍奈站起來。領班放心了，轉向一群剛從門口進來的人。

「在你終於要結婚之前，」伯爵對她說，「你會墮胎多少次呢，親愛的？」

佩特伸手摟住珍奈的肩膀。

「晚安了，查理、柯妮。」他堅定地說。

珍奈對柯妮笑笑。「我一會兒就回去，親愛的。留著門別鎖就行。」

「謝了，查理。」他們轉身離開時，佩特又補了一句。

查爾斯坐下。周圍突然靜下來，侍者走過來。

「這是您的酒，伯爵。」查爾斯說。「柯妮？」他爲她拉開椅子，付了帳單，留下伯爵悶悶不樂地盯著他那杯加冰塊的雙份琴酒。

「眞希望我們剛剛跟珍奈一起走了，」走出酒吧時，柯妮說。「她眞的很難過，通常這樣的酒後意外是不會影響她的。」

查爾斯望著街上的夜色，轉頭望向柯妮。

「也許你不太瞭解她，親愛的，」他說。「他們要去的地方，可以說是根本不歡迎我們。」

柯妮瞪著他。

「我們曾經在一次派對上見過面，」他說。「那是我第二次見到她。我不知道那次她的男伴是誰，」他思索著，沒有看她，「但如果她有男伴，要不是醉昏了，就是假裝醉昏了。我們莫名其妙被騙進一間臥室，她坐在床尾，手放在床上，抬頭看著我。」

「查爾斯，別說這種事。」柯妮生氣地說。

「是眞的，親愛的。但我沒出手，」他繼續說下去。「我把她帶出那個地方，帶她去吃晚飯。我跟她聊了很久，想改變她，讓她振作起來。」他看著柯妮。「當然，一點用都沒有。我想你已經試過了。」她點點頭。「從那時候起，她就開始討厭我，」他說。「循規蹈矩的好人。」他微笑。「伯爵也是一樣，他曾經是非常好的一個人。我認識他很多年了。他十三歲開始喝酒，就跟珍奈一樣。家裡有酒，他們就像孩子穿媽媽高跟鞋一樣模仿父母。伯爵的父親是個好人，是個好律師。他在伯爵十歲的時候過世，對他母親來說，伯爵就成了一家之主。我不知道這是怎麼開始的。」

他微笑轉向她，攬起她的手臂。

「但解決『失落一代[2]』的問題並不是我們可以左右的。」他笑著說。「我們已經失去了很多人，再多一兩個又有什麼關係？我們找個正派保守的地方喝一杯吧，像是二一。那地方對上一代來說是地下酒吧，對我們來說卻是傳統的象徵。」

「你說得太哲學了。」柯妮笑了。

「我知道。所以該是喝一杯的時候了。」

「不，」柯妮疲憊地說，「我眞的不想喝。你知道我想幹嘛嗎？我想回家。我知道這很奇怪，我也知道現在才十點鐘。但因爲某種不可知的原因，我現在只想回家。」

「也沒那麼不可知，」他笑著說。「好，小女孩，我帶你回家——但是有個小條件。」

「什麼條件——讓你去我家喝？」

「不是，我懂你的感覺——即使你自己還不明白。我的條件是，明天晚上讓我帶你去吃晚餐，去劇院看表演。」

「好吧。」柯妮一點熱情也沒有。

2在美國，「失落的一代」（Lost Generation）指，在第一次世界大戰期間或咆哮的一九二十年代（Roaring '20s）中成年的一代人。原本被用於表示在戰爭中死亡（失去）的一代，並且經常暗指上流社會人士，因為他們原本更有可能成為社會的精英。

「我看我真的得送你回家了。」查理說著，攔了一部計程車。「明天晚上，我跟你保證，」他爲她打開車門，「我們會好好避開失落一代的。」

21

八月的雨連綿不斷，雖然稍解了暑熱，卻也令人沮喪。柯妮躺在床上抽菸，一邊環顧四周。她的房間亂成一團，與珍奈同住的兩個星期，柯妮的生活就跟這個房間一樣陷入了混亂。她抽著這天的第一根菸，早餐前的菸，感覺總是很難聞，但柯妮也因此最喜歡這根菸。她看著旁邊空蕩蕩的床，和房裡到處亂扔的衣服和香水瓶，想著自己不知什麼時候才能把生活恢復到珍奈破壞前那種井然有序的狀態。

珍奈自然也把她的感情生活搞得一團糟。她和查爾斯見面的次數比她原先計畫的要多。珍奈知道她偶爾會去找安東尼，所以不管有什麼約會，總是建議柯妮和查爾斯陪她去，看起來幾乎是故意的。柯妮喜歡和查爾斯在一起，但是當香菸的煙霧飄進早晨潮濕的灰色空氣裡，她想，當她真的允許自己去見安東尼的時候，也許會少了些什麼吧。就像她之前擔心的，他們創造的脆弱體系沒辦法暴露在外界危險的現實當中。柯妮無意間讓自己多冒了一點險，進入另一種生活，而且驚訝地發現，這種生活並不像她讓自己相信的那樣嚴酷可怕。她不由自主地喜歡上查爾斯那種平穩、幾乎是保護備至的成熟，當她真的見到安東尼時，幾乎肯定會覺得羞恥，因為她還挺喜歡離開他的這段時間；她覺得自己簡直在背叛安東尼。她摁熄了菸，又點了一根。但是，等到珍奈終於離開的時候，一切都會改變，她和安東尼就可以回到他們的祕密花園了。

有人敲了敲房門。

「請進。」柯妮無精打采地說。大概是珍奈，她總算結束派對回來了。現在是早上九點鐘。

「柯妮，這房間！」媽媽一開門就大叫。

「我知道，媽咪，我吃完早餐就整理。」

「你老是跟在珍奈屁股後面收東西，」她媽媽生氣地說。「她還沒回來，是嗎？」

「還沒。」柯妮說。

「聽好，我不能讓那個女孩搞亂這個家。她老是早上才回來，然後幾乎睡掉一整個下午，弄得瑪麗沒辦法整理房間。她還把衣服滿房間亂丟，看起來跟豬圈一樣。」

「這是我的房間。」柯妮說。

「沒錯，但這是我的房子。」她媽媽回答。「我討厭看見它一直這麼髒。你可以說你的房間就是這麼髒，你的生活就是這麼複雜，珍奈是你的客人。但只要你住在我的房子裡，我就有發言權。我不會讓你住成這個樣子。」

「我已經說了我早餐後會整理。」柯妮疲憊地說。

「這不是你該做的，柯妮。我拒絕讓我女兒當珍奈·帕克的私人女傭。叫她自己收拾自己的爛攤子，別讓她騎到你頭上去。」

「但是，媽咪，」柯妮耐心地說，「我眞的叫過珍奈收了。可你也知道她是什麼樣的人，她覺得每個人都會替她做好所有的事。她也沒辦法，眞的——她也不是有意讓人討厭的。」

「我不知道你怎麼能在這麼亂的地方找到自己的衣服。」她媽媽又說。「你找到你問瑪麗的那兩件胸罩和那條襯裙了嗎？」

「找到了。」柯妮說。她不想讓媽媽知道，東西是在梳妝臺旁邊珍奈開著的行李箱裡發現的。衣服沒什麼重要，柯妮並不想讓珍奈知道她已經發現了這起竊案。柯妮知道珍奈買衣服的零用錢比她多得多，但柯妮決定不去管珍奈的心理問題。衣服就算了。

「我還是不懂爲什麼。」她媽媽疲憊地說。「聽好，柯妮，我眞的受不了了。我也不是個很好相處的人——有兩任丈夫可以證明這一點，所以我一直猶豫著要怎麼說，因爲我知道自己要求太高。但是我必須堅持底線：我拒絕這樣過日子，我拒絕讓你被這樣打擾。珍奈可以愛做什麼做什麼，但是你沒有必要跟這個四處和人上床、從不抽空做事，把你的房間弄得不適合人類居住的人住在一起。珍奈就是必須走。」

「噢，媽咪。」柯妮坐直了。「我不能——」

「我不想爭辯。這不是我希望我女兒生活的樣子，只是這樣而已。我也喜歡她，但我碰巧更關心你一點。如果珍奈還有一點點感激，我說不定還會猶豫。但我們沒有理由忍受這種情況。你知道，除非你開口叫她走，否則她會永遠待在這裡。我知道我不能要求她體諒別人，因爲她做不到。」

沒有別的選擇了。她沒辦法適應我們的生活方式，你必須請她走人。」

「可是她不能回到她爸爸那裡，還有那一切——」

「你必須要求她展現一點勇氣，就這樣。她的家庭生活的重擔不能讓你扛。」

「好吧，」最後柯妮說。「她一回來，我就請她走。但是我眞不想讓她覺得，我也跟其他人一樣讓她失望了。」

「把事情都推到我頭上吧。」她媽媽說。「跟她說我脾氣壞得讓人受不了，或者隨便你怎麼說，只要她走就行。」

結論已定，桑德拉轉身關上門，結束了討論。柯妮幾乎是鬆了口氣，因爲這個決定是爲她做的，現在她的生活可以恢復原樣了。唯一的顧慮是，柯妮擔心珍奈會回到馬修身邊。柯妮知道，珍奈已經在那裡過夜了，但從她住在這裡的第一個晚上開始，柯妮就跟她討論過很多次，說不定這會有一點用。柯妮只能等著看，一切取決於珍奈。這一次，柯妮無能爲力；這一次，她媽媽已經爲她做了決定。

半個小時之後，珍奈進來了，顯得異常沮喪。她脫下紅色小禮服，穿上浴袍，坐在那張沒有整理的床上，一言不發。她點起一根菸。

「想吃早餐嗎？」柯妮問。「我吃過了，但是我可以跟你一起喝點咖啡。」

「不用了，」珍奈凝視窗外陰沉的城市。「我吃過了。」

又是一陣沉默。

「怎麼了，珍？是跟馬修見面感覺不好，還是出道派對什麼的不對勁？」

「那場出道派對眞夠糟的，」珍奈說。「馬修心情也不好。所以我們很快就走了，去他家。」

「你昨晚就在那裡過夜了？」

「是，」珍奈說，困惑地轉向柯妮。「他拒絕跟我做愛，」她突然脫口而出，「太爛了。那時候已經太晚，我不想回來吵醒你媽。我一直以爲，只要我留下，他就會好起來。最後他跟我說，有個他認識很多年的紐波特女孩，一個毫無個性、無聊到死的人，會給他做飯、爲他打理一切，他已經跟她求婚了，他們打算下個月宣布訂婚。下個月。」她自顧自地微笑。「什麼都擠在下個月。馬修訂婚了，而我他媽的要出道了。我眞不知道我社交出道到底是爲了什麼，我現在連出道都不想了。」

柯妮沒說話。她不想把媽媽的話告訴珍奈。這個轉折眞是太糟了。

「他跑去睡沙發。」珍奈突然說。「睡沙發耶，天哪！」她哈哈大笑，笑得歇斯底里，直到笑出眼淚，她把頭埋進枕頭裡。「爲什麼總是這樣？」她聲音不太清楚，柯妮聽不懂她還說了些什麼，於是緊張地點了一根菸。

終於，珍奈稍微平靜了一點，她坐直身體，「現在我該怎麼辦啊。」她絕望地說。

「想喝一杯嗎？」柯妮說。

「早上十點。管他呢。」

柯妮給珍奈端來一杯白蘭地，給自己倒了一杯咖啡。

「這樣好多了。」一會兒之後，珍奈說。「我想我真的是個白癡，讓這傢伙變得對我這麼重要。管他了，男人那麼多。不過現在我好煩，好像每件事都亂成一團。我也不能永遠待在這裡。」我不妨趁現在告訴她。柯妮想。

「媽咪今天早上大發脾氣，」柯妮說。「她心情不好一陣子了，只是剛好爆發出來。她說——」

「她要我走？」珍奈問。

「是。」柯妮說，鬆了一口氣。她覷著珍奈的臉，卻看不出她有任何情緒。

「我還在想她什麼時候會說呢，」珍奈悶悶地說。「我一向不怎麼受家長們歡迎，連我自己的也一樣。」她笑著說。

「我很高興你沒太難過，親愛的。」柯妮說。「你知道的，我並不想讓你走。」

珍奈臉上依然沒反應。

「我真的覺得，你爸爸應該沒問題了，」柯妮繼續說。「他現在應該好多了才是。」

「我在這裡待到今天晚上可以嗎？」珍奈口氣有一點咄咄逼人，像是等著被拒絕。

「當然可以，珍。我今晚沒事。你留下來吃晚飯，晚一點再回家。說不定那時候你爸爸睡了，事情會容易點。」

「也許吧。」珍奈說。

那一天，珍奈打包行李時，反常地一句話都沒說。柯妮注意到她並沒有把胸罩和襯裙還回來，但也沒說什麼。珍奈這一天已經受夠了。感謝上帝，柯妮想，馬修跟她分手了，現在她不需要再擔心這件事。珍奈會回家去，和平即將到來，要不然至少也是暫時停火——柯妮的生活也會恢復正常。她媽媽秉持她的愛爾蘭哲學所堅持的一切似乎都很正確——一切都會好起來的。但這話不是伏爾泰說的嗎？不管怎樣，一切都解決了，珍奈的問題終於不再是她的燙手山芋，她覺得輕鬆多了。

不過，珍奈的沉默讓她不安。珍奈從不向憂鬱屈服，不像柯妮總有十分愛爾蘭式的情緒波動；然而，這次的沉默卻非常像憂鬱。柯妮從媽媽和自己身上理解的憂鬱，是猛烈而狂暴的，但珍奈卻是無精打采、被動地接受了她原本計畫的大逆轉，接受了她再度被迫回到父親那兒的事實，這對柯妮來說前所未見。那是疲憊的中年婦女鬱鬱地接受不幸命運的樣子，柯妮從沒見過珍奈有過這種情緒。珍奈的怨恨是刺耳的叫囂、對她爸爸大吼大叫、喝得酩酊大醉，她從未有過的沉默讓柯妮困惑而擔心，這是柯妮如今明淨如洗的天空中唯一的一朵灰雲。

珍奈甚至把她的沉默帶上了餐桌，柯妮的媽媽和她一樣受到影響。桑德拉覺得這是在表達對她的恨意，因為柯妮已經把要珍奈走的責任推給她了。

那天深夜，當柯妮陪珍奈下樓，把她送上回家的計程車時，桑德拉總算大鬆一口氣。

「好啦，」柯妮回來時，桑德拉說，「謝天謝地，總算結束了。我們喝一杯吧，慶祝我們家重獲自由，怎麼樣？」

柯妮調好酒，把蘇格蘭威士忌遞給媽媽，坐到沙發上，點起一根菸。

「別告訴我你也生我的氣，」她媽媽說，「因爲是我叫你趕珍奈走的。我不會也需要忍受你的情緒吧？」

「不會，」柯妮笑著說。「其實，珍奈終於走了我也很高興。這樣我生活也會輕鬆很多，而我是絕對不會主動做這種事的。不過我很擔心珍奈。她的情緒很怪，既不生氣，也不怎麼難過，她只是好像接受了整個情況，就好像她也早就知道會被我趕出去似的。」

「親愛的，」她媽媽把手放在女兒的後頸上，說，「珍奈不是你要解決的問題。也不是你爸，或者我的問題。你只有十七歲，光是考慮你自己就夠煩的了。」

柯妮驚訝地抬起頭。

「這一切的契機是什麼？」她笑著問。

「昨天晚上我跟你爸爸吃飯，」桑德拉說，「我們談你的事談了很久。別以爲我們不知道你發生了什麼。」她坐下來。「你自己生活中有很多事要解決，這一切只能讓你自己來。我們沒跟你說什麼，因爲我們沒有權利干涉。這就是爲人父母的地獄，」她思索著。「總有一天你會自己找出答案的。你不想看見自己的孩子受傷，你想代他們承受痛苦，爲他們做決定。但你不能這麼做。你必須讓他們摸索出你很久以前就知道的東西——那些你可以在十五分鐘內告訴他們，但他們要花好幾年才能發現的東西。」

柯妮仔細看著媽媽的臉，她那光滑的髮絲，那因爲精心保養而依然年輕的肌膚，以及她那博學、自信的表情，不瞭解她的人總把這表情稱之爲傲慢。她知道柯妮多年來在這競爭激烈的世界裡以自己的方式生活拚搏，這不是太理所當然了嗎？只因爲桑德拉在自己的生活裡沒成功過，柯妮覺得她不夠好，就在自己給自己編織的網子裡拚命找出路。她低估了自己的媽媽，她以爲她對自己行爲的精心解釋騙倒了父母。其實他們都知道，他們很久以前就知道了，但他們什麼都沒說過，因爲他們比大部分父母都聰明，知道他們什麼也不能做。柯妮帶著前所未有的敬意端詳起媽媽的臉。

「不要以爲你爸跟我不知道你在自己周圍砌了一道牆。用這種疏遠，摸索著想變成大人。小孩子太蠢了，什麼都不肯讓父母幫忙，堅持要自己來。」

「我必須自己來。」柯妮最後說。「我也希望讓你替我來過我的生活，相信，因爲我自己做決定，你會更把我當個人來尊重。」

「我也這麼覺得，」她媽媽說。「但這種討論不會爲我們帶來任何結果，這是親子之間永恆的課題。但有一件事，是你爸爸和我能做的，就是我們昨晚談的事。我沒跟你說，不過今年秋天，我很可能會在百老匯裡弄到一個角色。」

「噢，媽咪，太棒了！」

「這可不像尼克那次一樣是個空想。製片和導演在我去好萊塢之前都跟我合作過，他們很瞭解我，也清楚我的作品。我想這就是我們期待已久的轉機，如果我拿到這個角色，」桑德拉繼續說著，「——不算是主角，但也是個挺重要的角色了，而你爸爸也剛加薪，我想，當我們必須在九月搬離這裡的時候，應該可以在你爸的幫助下，搬到第五大道去。我確實欠你一個溫馨的家，我想我們應該應付得來了。」

「一切都將在九月發生。」柯妮沉思著說。

「什麼？」她媽媽問。

「沒什麼，」柯妮說。「我只是在想事情。」

一切都將在九月發生。柯妮反覆對自己說。到那時，珍奈終於出道，她總算也住在家裡了。我們的生活就要恢復原狀，每件事的確都有了最好的結果，眞是有意思啊。

而在柯妮和媽媽坐著談天的公寓往北幾個街區，珍奈·帕克和她爸爸，在客廳兩端對峙。珍奈的行李箱還沒打開，和她的雨衣一起胡亂扔在門廳。

「是的，」珍奈說，「我是回來了。但不是因爲你。我根本不想回來，就像你也根本不希望我回來一樣。不過，你至少可以裝出一副很高興見到我的樣子吧。」

帕克先生一語不發，只是低頭盯著手裡的酒。

「你媽媽走了，」他說。「你去那個女孩家的時候，她歇斯底里得很厲害。我打電話給她的精神科醫生，他說最好送她回療養院。」他凝視著那個女孩，她穿著一件樸素的黑衣服，很合身，嘴唇豐潤而任性，眼裡流露出憤怒和輕蔑。「我怎麼可能高興見到你呢？你毀了你媽媽，也毀了我。」

他放下酒，穿過客廳朝她走去。他的眼神是冰冷的，沒有一絲感情。珍奈長這麼大第一次害怕自己的爸爸。他走過來時，她堅持不動。他冷冷地，用盡全身力氣，打了她一巴掌。她往後踉蹌一步，突然間，她不知道爲什麼，也不知道怎麼回事，一種比情緒更深、更根本的東西控制住她，在盛怒中，她發現自己以雙手勒住了他的脖子，她知道自己想毀掉他，毀掉這個她既深愛又痛恨的男人，她的父親。他撲倒她，把她壓在沙發上，像個情人一樣伏在她身上，她嚇壞了。這對她來說太奇怪，也太強烈了，她的父親壓在她身上，控制著她。她突然全身無力，失去了所有情緒，別過頭哭了出來。當她的身體在他懷裡癱軟下來那一刻，他站了起來，走到窗戶邊。感謝上帝，她想。感謝上帝他站起來了。他靠在窗臺上，對自己又羞又恨，雙手摀住臉。計程車的喇叭聲，以及從街道遠處開出中央車站的火車聲，斷斷續續、孤孤單單地從公園大道傳送到窗前。珍奈昏沉沉地站起來，奔進自己房間，鎖上兩道門。屋裡靜得可怕，她打開留聲機，把聲音開到最大。留聲機上的唱片是史坦·肯頓的《極刑》，不眞實的刺耳樂聲充斥房間，女孩躺在床上，不再有眼淚，不再有情緒，一切都那麼赤裸裸地發生了。

唱片播了一遍又一遍，最後珍奈站起來，走到窗前，俯視傍晚時分的公園大道。她看著沿公園大道行駛的計程車，這些計程車曾經載著她跑遍市中心的酒吧和餐廳，每個地點都是個小世界，讓她在那裡找到一整晚的友誼和溫暖的幻覺。這是這個城市站起來，拍去肩頭上的煤煙，既緊張又期盼地等待夜晚到來的時刻。這是一天中最孤獨的時刻。她跪在窗臺上，不再有恐懼，也不再有情緒。她猶豫片刻，但也許她早就不會猶豫，也沒有情緒了。她只是手一撐，躍出窗外，往下方街道衝去。

22

雨在夜裡停了，柯妮在床上翻了個身，看看清晨窗外清新乾淨的天空，又看看旁邊空了的床，以及看起來井然有序的房間，她躺回枕頭上，覺得如釋重負。珍奈終於回家了，柯妮也終於能重拾兩週前的生活。她起床披上浴袍，急著想開始新的一天。走進飯廳之前，她暫停一下腳步，拿起《紐約時報》。媽媽穿著白色浴袍坐在早餐桌旁，見她進來，抬起了頭。

「親愛的，早安。」

「媽咪早安。」柯妮愉快地說。

「你今天早上心情很好啊。」

「心情好極了。瑪麗！」她朝廚房喊，「可以給我一點炒蛋、烤吐司和柳橙汁嗎？報紙我已經從門口拿進來了。」她對媽媽說。

「這樣很棒吧？」她媽媽說，啜飲她的第二杯咖啡，「家裡只有我們倆，生活又恢復正常了。今天早上這個世界又要宣布些什麼呢？」

「『今日天氣，晴朗溫和，』」柯妮唸著。「肯亞茅茅成員攻擊政府」——公園大道某女子——」

柯妮停住了，又看了一次，這是頭版一篇不怎麼起眼的新聞：

居住在公園大道的名媛珍奈·帕克，於昨晚跳樓或墜樓身亡……記者無法聯繫到她的父母發表評論……她原本將於一個月內社交出道……

「怎麼了，柯妮？出了什麼事嗎？」

柯妮放下報紙，震驚而困惑地望向對面的窗戶。她突然站起來，奔進房間，砰一聲甩上門，她媽媽撿起了報紙。

她在床上躺了幾分鐘，終於相信發生了什麼事，伏在枕頭上開始哭，歇斯底里地哭。她背後的門打開了，她媽媽靜靜地走進來，坐到她身邊，把手放在她頭上。

「出去！」柯妮埋在枕頭裡喊道，「你出去！」

「柯妮，你別怪我——」

「不！不，我沒有怪你！」

「我知道珍奈對你意義重大，但這件事沒人幫得上忙——」

「別跟我提她！你們沒權利！你是當父母的人，該死，就是父母——噢，讓我一個人待著，別提她的名字好嗎？你們沒有人配！你們毀了她，你們所有人，而你們永遠不會承認！離開我的房間！」

她媽媽離開了，同時輕輕帶上門。她走進廚房。

「瑪麗，不必做柯妮的早餐了。她今天早上很不開心，我不想打擾她。」

接著桑德拉走到電話邊，打了電話給柯妮的爸爸。

過了中午不久，當柯妮終於走進客廳，她發現爸媽都坐在那裡等她。

「想喝一杯嗎，柯妮？」她爸爸平靜地問。

「好，我也這麼想。」柯妮說，然後她轉向媽媽。「媽咪，很抱歉早上我對你說了那些話。這件事跟你一點關係都沒有，你知道的。」

「我知道。」她媽媽溫柔地說。「我懂的，雖然不完全懂，我也不認爲我能完全參透，但我懂得一點點。」

1茅茅起義（Mau Mau Uprising, Mau Mau Revolt），又譯矛矛起義，英國稱為肯亞緊急狀態（Kenya Emergency）、茅茅叛亂（Mau Mau Rebellion），是在一九五二至一九六〇年間的英國殖民政府時期，於肯亞發生的軍事衝突。

她爸爸遞給她一杯酒，也爲桑德拉和他自己調了一杯。在危機時刻，羅比總是在的。

接下來一個星期，柯妮除了父母之外誰都不見。不知道爲什麼，她總覺得自己對珍奈的死有部分責任，她本來肯定能做一點什麼的。她不想見到珍奈那一掛的人，不想被人提醒。安東尼和查爾斯都打過電話來，但瑪麗會說柯妮不在家。

她的父母理解她，決定給她一個新生活，用他們唯一知道的方式——賺更多的錢。桑德拉開始四處奔走，這是她向來不喜歡的事，但是她再也不能被動等待秋季劇作的製片和導演打電話來了。柯妮需要的安全感比桑德拉做電視工作能給的更多，桑德拉不能讓自己的驕傲阻擋了柯妮的幸福。

柯妮並不預期媽媽會拿到角色，她不再讓自己相信她的世界可以變好。一事無成的幾個星期過去了，柯妮坐在自己的房間裡，一點也不感到驚訝。

紐約入秋了，天氣變得清爽起來。柯妮關上窗戶，抵擋九月的涼風，她媽媽進來時，房間裡全是香菸的煙霧。

「親愛的柯妮！」桑德拉宣布：「我拿到角色了！」

柯妮抬頭看她，「不是預定？你眞的確定嗎？」

「我確定！」她媽媽說，興奮得像個孩子。「我們一星期後就要開始排練了！很棒吧？」她坐在床邊，拉著柯妮的手。

「我們一切都很順利，親愛的。我打了電話給房地產經紀人，請她開始幫我們找房子，我還打了電話給你爸爸。他今晚會過來跟我們一起慶祝。」她看著柯妮。「你得穿上那件新的漂亮小禮服，你得走出來。眞的，親愛的，在家裡悶悶不樂對你沒好處。我知道這件事對你打擊很大，但你眞的得找個人見見。找個有魅力的年輕人吧。你爸要帶我們去薩迪餐廳[2]吃飯，你得找個人跟你一起去。」

「媽咪，我眞的不想。我跟你和爸爸一起去就好。」

「不行，」媽媽堅決地說。「你必須爲自己創造一場美好的約會。就是這樣。」

「好吧。」柯妮疲憊地說。

「我好高興，親愛的，這樣就一切都完美了。現在去電話那兒，在你一直躲著的那群男孩裡找一個，打電話給他。」

媽媽離開了房間，柯妮望著外面九月初的午後，又點起一根菸。媽媽是對的，一如以往。她一直在躲，躲避一個對她來說突然變得太殘酷、太艱辛的世界，這個世界毀掉了珍奈，卻連眼睛都不眨一下。她站起來，走到窗邊。珍奈的死，要求她面對許多她沒有面對過的事。很長一段時間以來，她的生活和珍奈的生活是類似的。珍奈的死於她而言留下了一筆遺贈，一個她必須履行的承

2薩迪餐廳（Sardi's）是一家歐式餐廳，位於紐約曼哈頓劇院區百老匯和第八大道之間的西四十四街。開業於一九二七年，以牆上掛著一千多幅百老匯名人的漫畫而聞名。

諾。她對這件事的感覺很奇怪，但她必須從珍奈失敗和放棄的地方繼續下去，好像珍奈爲她指明了路一樣。現在她沒有權利退出生活，她必須繼續，幾乎成爲一種義務，她必須在珍奈和自己已然逃避了這麼久的生活中創造出一點東西來。

「柯妮小姐——」

柯妮嚇了一跳，轉過頭。「啊，瑪麗。什麼事？」她有些被惹怒。

「內維爾先生又來電話了。要我告訴他你不在嗎？」

「不，」柯妮突然說。「不，這次我來接。」

「哈囉，親愛的，」電話那頭那個低沉熟悉的聲音說。「你一直在躲我。」

「哈囉，安東尼。」

「你從退休狀態回來了嗎，親愛的？我眞的好想見你。我知道你一定很難過——」

「別提那件事。」

「今晚能跟我見面嗎，親愛的？」

柯妮突然有一點害怕。她害怕要是再見到安東尼，他們又會上床，他們彼此控制的力量又要凌駕一切。她不知道自己夠不夠強大。然後，她知道要怎麼做了。她會去見安東尼，但她會約另一個人和爸媽共進晚餐，比如說查爾斯。她會保護自己。她不會再那樣跟人上床了，她會等到事情變得光明正大、受到認可爲止。

「我晚餐有約了，親愛的，」她說。「但是我可以跟你喝杯雞尾酒。」

「說不定我能讓你取消那個約。都已經三星期了，你知道，漫長得讓人受不了。」

「我知道。」她說。

「那我在廣場飯店等你，在酒吧。」

「好的，安東尼。五點鐘。」

「再見，親愛的。」

「再見，安東尼。」

查爾斯現在應該在上班，柯妮一邊掛電話一邊想。嗯，就算他沒空，她也可以自己去跟父母吃飯。她查詢起電話號碼。跟查爾斯在一起，她就很安全；那是源於他自身的，強大和光明磊落的感覺。

「請找查爾斯．康寧漢。」

「好的，請問是那一位？」

「柯妮．法瑞爾。」

「哈囉，是柯妮嗎？」是那個熟悉自信的聲音。

「哈囉，查爾斯。」

「我想你知道，自從我聽到珍奈的死訊之後，我就一直想聯繫你。」

「我知道，」她說，用舌頭潤了潤嘴唇。爲什麼每個人都要提這件事呢？「查爾斯，我在想，不知道你今晚能不能跟我和我爸媽共進晚餐？媽咪剛得到一個角色，我們得慶祝一下——」

「嗯，柯妮，我有約，但是我可以取消。只是跟幾個哈佛法學院的朋友見面，他們不會介意的。我眞的很想見你，我一直在擔心你。」

眞奇怪啊，柯妮想。

「我去你家找你好嗎？」他問。

「不，」柯妮說。「我晚餐前還有一個約，所以，我們何不直接約在餐廳？薩迪餐廳，在第七街。」

「好極了，親愛的。」

「再見，查爾斯。」

好，都約好了。柯妮想，現在，一切就看她的了。她就要接受考驗了，如果她能撐過去，她就知道，她可以相信自己了。

柯妮走進酒吧，看見安東尼坐在靠牆的一張桌子邊。他凝望空中，沉浸在自己的思緒裡，沒看見她。他多麼引人注目啊，她想，眞是個漂亮的年輕人，在這酒吧裡獨樹一幟，讓其他人相形失色，他卻只凝望著自己的世界。再看到他，她覺得自己對他實在狠不下心；她看著他，他卻沒有意識到自己被人注視著。就在再次見到他的這一刻，她已經做下的決定、她的決心，和對他的清晰看法，又瞬間模糊起來。

「哈囉，安東尼。」她笑著說。

「親愛的。」他站起來，推開桌子。她坐到他旁邊。「想喝點什麼？」

「一杯馬丁尼。」

他看著她。

「能陪我喝點紅酒嗎？」

「好吧，」她笑了。「我就陪你喝點紅酒。」

他向侍者點了酒。侍者走了以後，他轉向她。「我好想你，親愛的，」他說。「你知道的。」

她端詳著他的臉。

「我知道。」她說。

她的手放在桌上，他用手包覆住。

「現在開始，一切都可以跟以前一樣了。」他說。

「是的。」她說。

他靜靜地看了她一會兒。

「多麼浪費啊，」最後，他說，說出了兩個人的心聲。「不是悲劇，可憐的珍奈——她永遠不知道什麼叫悲劇，只是一種悲哀而無意義的浪費。我們眼睜睜看著它發生，我們都知道會發生。但我們無能爲力。」

「不，」她說。「其他人什麼事也不能做。每個人都必須自救，沒有誰能幫助誰。」

「你跟人約了吃晚餐，」他用他低沉平靜的聲音說。「那晚餐之後，你會回到東尼身邊嗎？」

她震驚地看向他。

「不會，」她幾乎不假思索。「不會，再也不會了。我必須過不一樣的生活，我要讓珍奈無意義的犧牲變得有意義。你懂嗎？你相信我嗎？」

他凝視虛空。

「我懂，」他說。「我知道的。我跟你通電話的時候就知道了。在那之前，珍奈死了，你卻沒有打電話給我的時候，我就知道了。你沒有找我，但我知道你想找個人。你知道我幫不上你，所以你靠你自己。那時候我就開始意識到這一點。你坐在我旁邊的時候，我就很確定了。」

又是一陣沉默。現實來臨前的寧靜時光，那屬於魔法花園、屬於沙堡的日子，都一去不復返了，而他們兩個都知道。現實來臨前的時光，正踏在現實的門檻上。

「安東尼——」

他轉向她，他的酒杯懸在桌子上方。

「我想知道它到哪兒去了。」她說。

他放下杯子。

「我不曉得。」

「我們的沙堡，在現實的沖刷下，終於垮了，是吧？」

「我知道，」他說，一邊用手指摩挲著杯子。「就在我們都沒有注意到的時候。」

「就算我們知道發生了什麼，也救不了。」

「那就是沙堡的地獄，」他笑著說。「它們註定如此。它們的無常，就是它們美麗的一部分。」

「親愛的安東尼，親愛的。」她握住他的手。

「不要想把它建回原來的樣子。你永遠做不到的，我也是。你要明白這一點。」

「我知道。」她說。

他撫摸她的臉。

「這不是悲劇，親愛的。像你、我，和珍奈這種人，是不可能創造什麼悲劇的。這不是有英雄人物、有澎湃情感的史詩劇作，它不是悲劇，只是一場玩完了的兒戲。」

「可是我還是有點難過，」她說。「在這個時刻，我覺得我不想結束遊戲。」

「從某種意義上來說，遊戲不需要結束。當然你和我會結束。但它的美從來不在於人物。是它的魔法讓它變得珍貴。」

他若有所思地用拇指劃過她的手背。

「你永遠不會失去這種魔法，」他說。「不用費心記得我，我不重要。但是請爲我做一件事：永遠別讓這種魔法離開你。」

「我會盡力的。」她說。「但是在發生那件事之後，要保持這種魔法和信念太難了。」

他看著她，他的臉看上去很成熟，是她從未見過的溫柔。

「如果是我給了你這份魔法的禮物，」他說，「那可是我這輩子頭一次給了別人珍貴的東西。」他喝了一口酒。「天曉得，」他慢慢浮出微笑，「那也不算什麼。一切都取決於另一個給你愛的人。要是我有，我早就給你了，但是我做不到。這是我能給你最好的東西了，好好替我留著。」

「這好難，」她又說了一遍。「每件事最後都會變醜陋，每件事看起來都那麼殘酷，那麼眞實。枯葉一定會落進游泳池，但我只想逃。」她轉向他。「我不想離開你。」

「你別無選擇，親愛的。你長大了，而我不能。你看，我撐不過去的，就跟珍奈一樣。但是你可以。」她站起來。「祝你有個精彩的人生，親愛的。」他說。

她笑了。「你眞傻。」

「你現在要走了？」他說。

「是，」她說。「我不想走，但我要走了。就像你跟我說過的，那個故事裡的小男孩。」她微笑。

「事情本該如此。」他輕輕地說。

他目送她走進玻璃門後那寂靜清透的秋夜，手指摩挲自己的酒。冬天要來了，他馬上就要南下，回到他的小島去。

夏天過得眞快啊。

國家圖書館出版品預行編目資料

早餐巧克力 Chocolates for Breakfast／帕梅拉・摩爾（Pamela Moore）著；王聖棻、魏婉琪譯
——初版——臺中市：好讀，2024.12
面；　公分——（典藏經典；158）

ISBN 978-986-178-740-4（平裝）

874.57　　113014538

好讀出版

典藏經典 158

早餐巧克力 Chocolates for Breakfast

填寫線上讀者回函
請掃描 QRCODE

作　者／帕梅拉・摩爾 Pamela Moore
譯　者／王聖棻、魏婉琪
總編輯／鄧茵茵
文字編輯／林泳誼、簡綺淇
美術編輯／王廷芬

發行所／好讀出版有限公司
407 台中市西屯區工業區 30 路 1 號
407 台中市西屯區大有街 13 號（編輯部）
TEL:04-23157795　FAX:04-23144188　http://howdo.morningstar.com.tw
（如對本書編輯或內容有意見，請來電或上網告訴我們）
法律顧問／陳思成律師

總經銷／知己圖書股份有限公司
106 台北市大安區辛亥路一段 30 號 9 樓
TEL：02-23672044　02-23672047　FAX：02-23635741
407 台中市西屯區工業 30 路 1 號
TEL：04-23595819 FAX：04-23595493

電子信箱／service@morningstar.com.tw
網路書店／http://www.morningstar.com.tw
讀者專線／04-23595819 # 212
郵政劃撥／15060393（戶名：知己圖書股份有限公司）

印刷／上好印刷股份有限公司
初版／西元 2024 年 12 月 15 日
定價／350 元
如有破損或裝訂錯誤，請寄回 407 台中市西屯區工業區 30 路 1 號更換（好讀倉儲部收）

Published by How Do Publishing Co., Ltd.
2024 Printed in Taiwan

ISBN 978-986-178-740-4